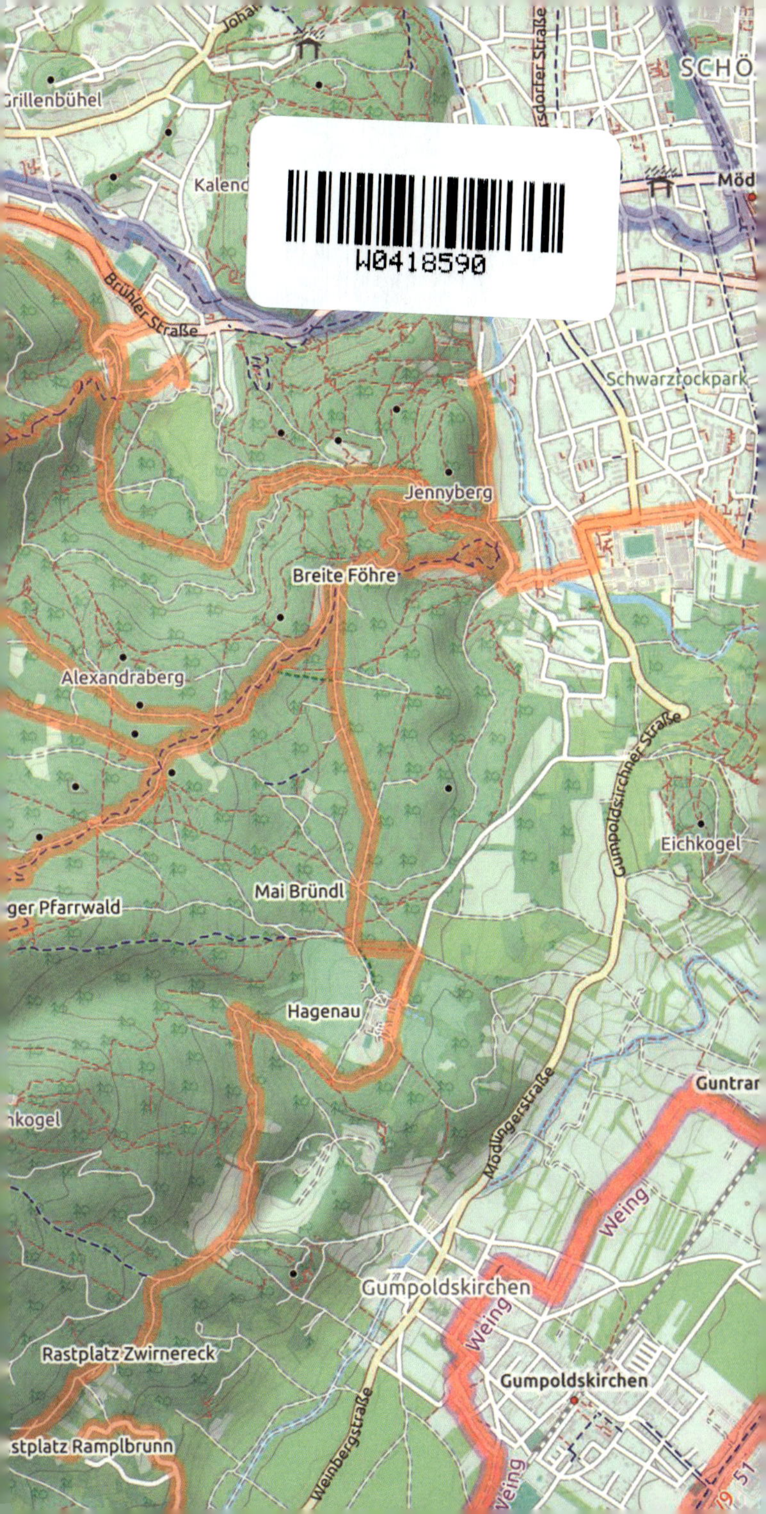
Grillenbühel
Brühler Straße
Schwarzrockpark
Jennyberg
Breite Föhre
Alexandraberg
Gumpoldskirchner Straße
Eichkogel
Mai Bründl
Hagenau
Mödlingerstraße
Weing
Gumpoldskirchen
Rastplatz Zwirnereck
Gumpoldskirchen
Weinbergstraße

Hans Stefan Hintner

Letzter Ausgang: „Goldene Stiege“

Der Mountainbiker-Mörder

1. Auflage 2021

J.-F.-Kennedy-Platz 2
2560 Berndorf
Tel.: +43 (0) 660 4357604
Tel.: +43 (0) 2672/82 236-0, Fax: Dw. 4
E-Mail: office@kral-verlag.at

Umschlagabbildung: Christian Boeger

Umschlag und Satz: Wingrafik, Schefstoss Erwin
Printed in EU
ISBN: 978-3-99103-004-1

Besuchen Sie uns im Internet: www.kral-verlag.at

Hans Stefan Hintner

Letzter Ausgang: „Goldene Stiege“

Der Mountainbiker-Mörder

Roman

Die Geschichte

Undisziplinierte Mountainbiker und Radfahrer treiben in Mödling und im Naturpark Föhrenberge ihr Unwesen.
Sie radeln auf Gehsteigen, durch Fußgängerzonen, auf illegalen Trails, schneiden Fußgänger und fahren nicht nur in Wohnstraßen viel zu schnell.
Dieser Roman und seine Personen sind frei erfunden, Bezüge zur Realität liegen im Auge des Betrachters.
Im Mittelpunkt des Romans steht Franz Gruber.
Er ist der Mountainbiker-Mörder.
Für Major Franz Müller gehören Betrugsfälle, Körperverletzungen, Einbrüche und Diebstähle zum Alltag. Tötungsdelikte kommen im Bezirk Mödling selten vor.
Der sportliche, alleinstehende und pedantische Kriminalbeamte sieht im jeweiligen Ermittlungserfolg seine persönliche Befriedigung, so wie wir beim guten Essen und Trinken.
Im Roman finden sich tatsächlich stattgefundene Begebenheiten, die abstrahiert wurden und in einigen österreichischen Zeitungen zu lesen waren. Es sind wahre

Geschichten unter anderen oder ohne Namen, zu versetzten Zeitpunkten und an nicht immer originalen Schauplätzen.

1.

Franz Gruber schob den Vorhang im Wohnzimmer zur Seite, der ihm einen großartigen Blick auf den Anninger freigab. Es war früher Vormittag, die Sonne schien und Mödling erwartete einen frühlingshaften Samstag im Herbst. Die Fußgängerzone würde sich bald mit Menschen füllen und die besondere Atmosphäre des historischen Zentrums, mit seinen Geschäften, Kaffeehäusern und Restaurants lockte bei gutem Wetter Gäste aus nah und fern in die „Perle des Wienerwaldes".

Schon bald würden sich auch viele Menschen aufmachen, um im Wienerwald Erholung und Entspannung zu suchen. Der Mischwald mit seinen Eichen und Buchen sowie den Schwarzföhren und den Weingärten, die ins Wiener Becken reichen, war spätestens seit dem Biedermeier Sehnsuchtsort der Romantiker. Schon bald würden sich die Parkplätze bei den Einstiegen zum weit verzweigten Wegenetz füllen. Familien mit Kindern und Hunden stiegen aus den Autos aus, man sah Wandergruppen und Läufer und zahlreiche Radfahrer, die das ausgewiesene Mountainbike-Netz von Mödling bis Baden sehr schätzten.

Franz Gruber gingen diese Zeiten durch den Kopf, als er mit seiner Frau Maria am 3-Stunden-Weg laufen war, nachher die notwendigen und nicht notwendigen Besorgungen in der Kaisern Elisabethstraße machte, sich einen Kaffee gönnte und ab und zu in einem Wirtshaus das Mittagessen einnahm.

Franz Gruber war voller liebevoller und dankbarer Erinnerungen mit seiner Maria. Sie lernten sich bei Marias Maturaball in der Bachgasse kennen. Damals waren die Maturabälle des „Mädchengymnasiums" noch in der Schule. Franz besuchte das Mödlinger Gymnasium in der Keimgasse, das er mit Matura und einem zusätzlichen Jahr abschloss. Er war um zwei Jahre älter als Maria und wie fast alle Burschen unter 20 sehr aufgeregt, den Ball besuchen zu können, galt doch dieser als die „Aufrissveranstaltung" in Mödling.
Es war Liebe auf den ersten Blick.
Obwohl ausgewiesener „Nichttänzer", tanzte er mit Maria durch die Nacht.
Maria liebte es zu tanzen, sich zu bewegen.
Seit diesem Ball waren sie unzertrennlich und glücklich.

Bis auf jenen Tag, der das Leben von Franz und Maria Gruber veränderte.
An jenem Samstag liefen sie bis zur Krausten Linde und drehten wieder Richtung Breite Föhre um. Auf der Höhe, wo es eine Weggabelung zum Husarentempel gibt, wurden Franz und Maria Gruber von einer Gruppe Radfahrer niedergestoßen. Die Gruppe von vier Mountainbikern fuhr die Forststraße mit überhöhter Geschwindigkeit und verbotener Weise bergab. Die Radfahrer und das Ehepaar Gruber kamen zu Sturz, Flüche und Entschuldigungen wurden ausgetauscht, die Wunden betrachtend.

Nur Maria Gruber stand nicht auf.

Sie konnte ihre Beine nicht mehr bewegen.

2.

Hans Müller nutzte den schönen Tag für ein schnelles Spazierengehen mit Stöcken. Er wollte es heute nicht „Nordic Walking“ nennen, denn es war eben nur ein schnelles

Spazierengehen mit Stöcken. Er wählte den Weg vom Parkplatz Prießnitztal auf der Forststraße zum Anninger-Haus. Auf den „Anninger-Autobahnen“, wie er gerne die Forststraßen bezeichnete, war schon ziemlich viel los. Warum nicht, dachte er bei sich, der Wald ist schließlich für alle da. Ab und zu ärgerte er sich über Hundebesitzer, die ihre Lieblinge nicht im Griff hatten und unter dem Verweis „er tut ja eh nichts“ oder „er möchte nur spielen“ ihre Ohnmacht ausdrückten. Und immer wieder einige Radfahrer, die trotz aller Hinweise nicht nur erlaubterweise bergauf, sondern verbotenerweise bergab fuhren. Er vermied es in solchen Situationen, sich als Polizist erkennen zu geben. Zumindest im Wald wollte er seine Ruhe haben und zog seine Sportkappe noch tiefer ins Gesicht. An solchen Tagen wäre eine Waldpolizei nicht schlecht, dachte er erneut und immer wieder.

Auch wenn er im Wald Entspannung suchte, konnte er sich von diversen Ereignissen im Umfeld seiner Arbeit nicht trennen.
So ging ihm lächelnd der schon amtsbekannte 25-jährige Jakob aus Brunn am

Gebirge nicht aus dem Kopf, der erneut alkoholisiert und diesmal einen unversperrten Kastenwagen stehlend, in Maria Enzersdorf festgenommen wurde. Der Wagen wurde ausgerechnet vor dem Haus der Pressemitarbeiter des Mödlinger Bürgermeisters entwendet, die natürlich eine perfekte Personenbeschreibung abgeben sowie das KfZ-Kennzeichen angeben konnten.

Hans Müller genoss nicht nur die Natur, sondern auch seine Menschenbeobachtungen. So verband er Wandern mit frischer Luft und war umso mehr erstaunt, als ihm an diesem Tag ein Mann mit Rucksack und qualmender Zigarette im Mund entgegenkam. Gleichzeitig wandern und rauchen im Wald geht gar nicht, fand er.
Als er zum Rastplatz Breite Föhre kam, marschierte er zum mächtigen Baumstumpf des ehemaligen Naturdenkmals. Dort hatte sich durch schicksalhaften Samenflug eine kleine Schwarzföhre gebildet, die für ihn ein Gleichnis neuen Lebens aus totem Gewebe war.
Seine Gedanken wurden durch ein Folgetonhorn unterbrochen, das immer näherkam. Ein Geländewagen der Bergrettung

sowie ein Wagen des Roten Kreuzen fuhren die staubige Forststraße in Richtung Anninger-Haus bergauf und hüllten einige Wanderer und Mountainbiker in eine Staubwolke ein, die sich in der Nähe des Rastplatzes befanden.
Für Müller waren Einsätze der Bergrettung und des Roten Kreuzes nichts Neues. Manchmal verirrten sich Menschen im Wald, manchmal kam es zu Unfällen. Wenn beide Rettungsorganisationen ausfuhren, waren schwerere Verletzung im Spiel, meistens durch Stürze verursacht.
Als sich die Staubwolke senkte, setzte Müller den Weg zur Krausten Linde fort.

Zur intensiven Nutzung des Naturparks Föhrenberge zählten auch die zahlreichen Rast- und Spielplätze. Obwohl schon vor Jahren die Grillplätze im Mödlinger Stadtgebiet wegen Brandgefahr geschlossen wurden, gab es immer wieder Unverbesserliche, die bei Feuer im Wald und beim Duft von gegrilltem Fleisch feuchte Augen und ein archaisches Gefühl bekamen.
So wurde auch an diesem Tag die Bereitschaftsgruppe der Feuerwehr Mödling von einem Anrainer informiert, dass

im Waldgebiet der Goldenen Stiege, am Schießstättenweg, leichter Rauch aufsteigt. Beim Eintreffen der Einsatzkräfte stand eine zirka vier Quadratmeter große Fläche Wiese sowie Gebüsch in Brand.
„Mittels Schnellangriffseinrichtung von Tank 4 konnten die Flammen rasch niedergeschlagen und abgelöscht werden. Es folgten Nachlöscharbeiten unter Zuhilfenahme einer Wärmebildkamera. Nach vierzig Minuten konnten zwei Fahrzeuge mit sechs Einsatzkräfte wieder einrücken", hieß es im Feuerwehr-Protokoll.
Es konnten Müllreste mit Lebensmittelabfällen festgestellt werden.

3.

Franz Gruber war mit mehreren Mediendiensten auf seinem Mobiltelefon vernetzt und so wurde er auch über einen Einsatz des Roten Kreuzes am Anninger informiert. Gemeinsam mit der Bergrettung leistete man Erste Hilfe für einen schwerverletzten Radfahrer, der auf der Forststraße im Steilstück zwischen Anninger-Haus und Krauste Linde zu Sturz kam. Dem Bericht nach wurde er aufgrund seiner schweren Verletzungen in das Krankenhaus Baden gebracht.

Franz Gruber blickte zu seiner Frau Maria, die am Laptop ihrer Arbeit nachging. Sie war bei einer Versicherung angestellt und konnte nach ihrem tragischen Unfall ihren Arbeitsplatz in „Hausarbeit“ behalten. Die lebenslustige Frau war zwar an ihren Rollstuhl gefesselt, strahlte aber ungeheure Energie und Zuversicht aus. Er fühlte sich niedergeschlagen und lustlos, denn der gemeinsame Sport war für beide ein sehr wichtiger Bestandteil in ihrem Leben. Jetzt gingen sie spazieren, mehr ging nicht. Vorbei die gemeinsamen Läufe, das Wandern, Schifahren, Fahrradfahren, Schwimmen und Tennisspielen. Maria Gruber war eine Kämpfernatur und ließ sich nicht hängen. Soweit es ging, trainierte sie ihre Arme und Muskulatur, auch im Rahmen einiger Sportarten, die man im Rollstuhl ausüben konnte. Franz unterstützte sie dabei. Es war aber nicht mehr dasselbe, als sie gemeinsam die Natur und die frische Luft im Wienerwald genießen konnten.

Franz hatte einen sicheren Arbeitsplatz im Expedit der Stadtgemeinde Mödling, regelmäßige Arbeitszeiten, keinen besonderen Stress und nette Kollegen, bis auf einige. Sein Leben verging gleichförmig, er war nicht besonders ehrgeizig, dafür aber verlässlich und allgemein beliebt.
Nachdem das Ehepaar Gruber keine Kinder hatte, sahen sie im Miteinander ihren Lebenssinn. Dieses Miteinander bedeutete, jede freie Minute gemeinsam zu verbringen, im Haushalt, beim Kochen, beim Heurigen und in Restaurants, bei kulturellen und gesellschaftlichen Veranstaltungen, sie reisten gerne und Sport stand an erster Stelle. Sie pflegten auch einen kleinen Freundeskreis, mit dem sie viele dieser Aktivitäten vornahmen. Das Ehepaar Gruber war sehr glücklich, wenn es zu Hause war, im Hochhaus in der Lerchengasse, im obersten Stock und von ihren Fenstern einen großartigen Rundumblick nach Wien, ins Wiener Becken und zum Mödlinger Forst hatte.
Dieser Lebenssinn wurde ihnen genommen, vor allem ihm genommen. Niemals kam ihm in den Sinn, seine Frau zu verlassen, die Fesseln einer Bindung zu einer

körperbehinderten Frau zu lösen. Dafür liebte er sie zu sehr. Nachdem die Ärzte festgestellt hatten, dass Maria Gruber nie wieder gehen könnte, spürte er, was die Begriffe „nie wieder" und „ewig" bedeuten. Für ihn den Verlust der Lebensfreude.

4.

Major Hans Müller studierte im Bezirkspolizeikommando Mödling die regionalen Zeitungen. Wieder einmal kam es zu Konflikten unterschiedlicher Nutzer des Mödlinger Waldes. So spannte diesmal ein unbekannter Täter ein Drahtseil zwischen zwei Bäumen bei einem sogenannten illegalen Trail, der einem Radfahrer, der diesen Weg benutzte, fast zum Verhängnis wurde. Der Radfahrer sprach im auflagestärksten Regionalblatt von einem Mordversuch, während der Jagdpächter meinte, was der Radfahrer überhaupt abseits der genehmigten Wege machte und der Bürgermeister wies erneut darauf hin, dass weder das Befahren illegaler Trails noch das Spannen von Drahtseilen von der Gemeinde toleriert werden könne.

Müller verzog die Lippen und nahm einen Schluck Kaffee.
Das hatte er noch gebraucht.
Der Bezirk Mödling war für die Polizei von besonderer Herausforderung, wenn man einen Blick auf die österreichweite Kriminalstatistik machte. Eine Zeit lang war das Anzeigenvolumen der unterschiedlichen Delikte so groß, wie das der Bundesländer Burgenland und Vorarlberg zusammen.
Ein Polizist in Horn hat dasselbe Gehalt wie ein Polizist aus Mödling. Auf die unterschiedliche Belastung wird nicht Rücksicht genommen.
Als während der Corona-Pandemie die Horner Polizisten vor den Kollegen aus Mödling geimpft wurden, war die Empörung bei der Mödlinger Polizei sehr groß. Die Mödlinger Polizei fühlten sich einmal mehr von der Politik verlassen, gehörte doch gerade sie zu einer Hochrisikogruppe.
So ein Wahnsinniger, der Fallen im Wald für Radfahrer aufstellt, hatte Müller gerade noch gefehlt.

Gefehlt hatten Müller auch an die 80 Aktivisten, die in Form einer Kundgebung am Schrannenplatz auf die Situation in

griechischen Flüchtlingslagern aufmerksam machen wollten. Von diesen hatten sich zehn entschlossen, im Freien und mit Schlafsäcken zu übernachten, dabei aber vergessen, sich die öffentliche Toilette im Rathaus aufsperren zu lassen.
Nicht nur, dass der Bürgermeister in letzter Arbeitsminute des Reinigungsdienstes telefonisch einen Mitarbeiter erreichen konnte, bewarfen nach Mitternacht Unbekannte die Demonstranten mit Jauche.
Auch in Mödling zeigte sich einmal mehr die Polarisierung der Bevölkerung zu dieser Frage. Die Polizei stand am Anfang vieler unterschiedlicher und umfangreicher Ermittlungen.

5.

Franz Gruber brauchte Luft, frische Luft. Es war für Maria Gruber nichts ungewöhnliches, dass Franz noch vor dem Abendessen ein, zwei Stunden außer Haus ging, meistens in seinem dunkelgrünen Trainingsanzug. Seine Lieblingsstrecken waren die Wege zum Pfefferbüchsel oder über die Fußgängerzone zur Goldene Stiege, von wo es viele Wander- und Laufziele gab. Ungewöhnlich war, dass an diesem Tag Franz Gruber seinen Rucksack schulterte, denn während seines „Auslüftens“, wie er gerne sagte, nahm er weder eine Wasserflasche, noch ein Leiberl zum Umziehen, noch ein Handtuch mit. Eher gemütlich gelangte er zum Bockerl-Parkplatz und ging den steilen und felsigen Weg zur Breiten Föhre und weiter in Richtung Krauste Linde. Am Grenzweg bog er links in den Wald ab, zu einem von Fahrradspuren gezeichneten Pfad, der offiziell nicht zum Mountainbiker-Netz des Mödlinger Waldes gehörte. Es war ungewöhnlich, dass sich an einem so schönen und späten Nachmittag so wenig Menschen im Wald aufhielten. Wo sich besonders an Wochenenden und Feiertagen Hundertschaften mit ihren Familien, Hunden und Fahrrädern die Forststraße mehr oder weniger hinaufquälten, war zwar der eine oder andere Wanderer zu sehen, aber nicht mehr Richtung Gipfel, sondern in Richtung Stadt. Damit konnte Franz Gruber unentdeckt und unerkannt mit wenigen Schritten zu diesem Pfad gelangen, der breit genug zum Befahren, aber doch von Bäumen und Sträuchern

aufgrund des noch immer dichten Herbstlaubes, sehr geschützt und kaum einsehbar war. Nach einigen Schritten bergab blieb er stehen, prüfte die Umgebung und öffnete seinen Rucksack. Das leicht glänzende, nicht allzu dicke, aber doch sichtbare Stahlseil befestigte er an zwei stark gewachsenen Schwarzföhren. Zufrieden prüfte er die Spannung des Seils, schnürte seinen Rucksack wieder zu und beeilte sich, zu seiner Maria zu kommen, die ihm beim Weggehen eine kalte Jause ankündigte. Es war ihm nun leichter. Er konnte sich nichts vorwerfen. Auf illegalen Strecken haben Radfahrer nichts verloren. Wer auf legalen Strecken bleibt, dem passiert nichts.
Wer auf illegalen Strecken fährt, wird bestraft.
Franz Gruber hatte beschlossen, im Wald für Ordnung zu sorgen.

6.

Bürgermeister Stefan Haller war gar nicht erfreut, als er von der Mountainbiker-Falle aus der Zeitung erfuhr. In der Zeit der

großen Pandemie, wo man eigentlich zu Hause sein sollte und nur für Spazierengehen oder Sport die Wohnung verlassen durfte, war das Naherholungsgebiet rund um die Stadt von allen möglichen Erholungssuchenden heimgesucht worden. Chaotische Zustände auf den Parkplätzen mit verparkten Einfahrten und verärgerten Anrainern, Familien mit freilaufenden Hunden und Radfahrern in Gruppen, prägten die Wege am Anninger. Die Beschwerdeflut über tatsächliche und vermeintliche Rücksichtslosigkeiten war dementsprechend und es waren immer die anderen Schuld. Zwar kontrollierte die Polizei bei den Parkplätzen, aber für den Wald gab es kein kompetentes Organ, das zur Ausweisleistung oder zu Organmandaten herangezogen werden konnte. An solchen Tagen wünschte sich Haller, nicht Bürgermeister zu sein und ziemlich schlechtes Wetter.
Er wünschte sich auch Nummerntafeln für Fahrräder und machte dies auch mehrmals in den lokalen Medien kund. Sicher nicht der Weisheit letzter Schluss, aber doch eine gewisse Hilfe für die Behörden oder für jene, die sich durch einen Radfahrer gefährdet fühlen. Vor langer, langer Zeit

musste in Österreich jedes Rad registriert werden, aber das war Geschichte. Besonders E-Biker entpuppten sich als Gefahrenquelle, nicht nur im freien Gelände.
Natürlich reichten die Reaktionen von großer Zustimmung bis zur heftigen Ablehnung und damit passierte einmal auf Gesetzgeberebene nichts.
Auch das Anninger-Gebiet wurde während und nach der Corona-Pandemie stark von Freizeitsportlern besucht. Die Stadt versuchte für die Radfahrer geeignete Strecken vorzugeben, aber „schwarze Schafe" gab es immer. Tragisch endete im Frühjahr der Unfall von Maria Gruber, bei dem einige Mountainbiker mit erhöhter Geschwindigkeit, die Forststraße bergab fahrend, die Frau niederstießen und die seit dieser Zeit querschnittsgelähmt im Rollstuhl saß.
Eine heftige Diskussion war die Folge und die Forderung, den Anninger für Radfahrer zu sperren. Die Sperre kam nicht zustande, aber es wurden Einschränkungen bei der Streckenführung gemacht. Der Unfall von Maria Gruber wurde als tragisches Einzelschicksal abgetan.
Bürgermeister Haller wusste vom Chef der Bergrettung Sepp Hofer und vom

Bezirksstellenleiter des Roten Kreuzes Martin Dorfer, dass es nur eine Frage der Zeit wäre, bis es wieder zu einem tragischen Unfall kommen würde. Schon mehrmals wöchentlich mussten die Rettungsorganisationen für Verunfallte am Anninger ausrücken.

Angesichts des gespannten Seils war sich Haller sicher, dass hier jemand auf dem Weg ins Spital nachhelfen wollte.

7.

Franz Gruber ärgerte sich, als er in der Zeitung von seinem gespannten Seil las. Es wurde anscheinend rechtzeitig entdeckt und konnte nicht seinen Zweck erfüllen. Für Aufregung hatte es zwar gesorgt, aber nicht für blutende Knie. Natürlich würde er nicht aufgeben, im Wald für Ordnung zu sorgen. Sein Einsatzgebiet würde sich nur verlagern, da er für einige Zeit mit mehr Aufmerksamkeit auf der Forststraße rechnete.

Er würde es in der Nähe vom Pfefferbüchsel versuchen. Dort waren die Wege

weder steil noch gefährlich, sie waren aber ausschließlich zum Spazierengehen. Franz Gruber wusste von seinen jüngsten Wanderungen, dass gegen späten Nachmittag, kurz bevor die Sonne unterging, eine Radlergruppe ihre Runden drehte.
Gruber wusste genau, wie er diesmal vorgehen würde. Sein Plan war zwar etwas riskanter, aber dafür sicher in seinem Ergebnis. Dort, wo die Enzersdorfer am Weg zum Pfefferbüchsel ihren orangen Abfalleimer hatten, waren die Büsche etwas dichter und mit seinem grünen Trainingsanzug könnte man ihn nur schwer sehen, wenn überhaupt. Er hatte vor, wieder ein Seil zu spannen. Es musste aber um einiges länger als das letzte Mal sein. Das Seil lag am Boden, mit Staub bedeckt und wurde erst dann hochgezogen, wenn sich die Radfahrgruppe näherte. Dann hieß es, schnell zu verschwinden. Er wollte nicht dabei sein, bei den Verletzungen, bei den Flüchen, bei den Schreien und möglicherweise bei ein bisschen Blut.
Franz Gruber wollte vom Ergebnis seiner Tat in der Zeitung lesen.
Am nächsten Morgen berichtete ein Handy-Mediendienst von der Mountainbiker-

Falle und dass vier Radfahrer mit schweren Schürfwunden im Mödlinger Spital versorgt werden mussten.

8.

Franz und Maria Gruber ließen es sich nicht nehmen, samstags in der Mödlinger Fußgängerzone spazieren zu gehen, verbunden mit einem Kaffeehausbesuch, manchmal auch mit einem Mittagessen. Das hielten sie auch nach dem Unfall von Maria so. Maria Gruber hasste es, von ihrem Mann im Rollstuhl geschoben zu werden. Sie meisterte jedes noch so kleine Hindernis. Von der Wohnung aus fuhr sie mit dem Aufzug ins Erdgeschoß, querte die Enzersdorfer Straße und bog in die Herzoggasse ein, um auf den Schrannenplatz zu kommen. Franz ging neben ihr und bewunderte jedes Mal seine Frau, wie selbstbewusst sie den Rollstuhl manövrierte und jedes Mal gab es ihm einen Stich ins Herz, seine Frau im Rollstuhl zu sehen. Die Terrasse des Posthofs war voll besetzt, wie immer gegen Mittag und bei schönem

Wetter. Die Terrasse war die Auslage der „Reichen und Schönen“ in der Babenbergerstadt. Man kannte sich, man grüßte sich. Vor dem Mittagessen trank man dort einen Espresso oder einen Prosecco und genoss die Atmosphäre des historischen Platzes mit seinem Rathaus, dem Wahrzeichen von Mödling.
Der Tisch im Schanigarten des Mautwirtshauses war schon vorbestellt und die Grubers freuten sich auf die herzhafte, bürgerliche Küche. Während Maria die Speisekarte studierte, wusste Franz Gruber seit seiner Schulzeit, was er im „Mauts“ essen würde, nämlich die Krautsuppe und den gebackenen Emmentaler, außer die gefüllte Kalbsbrust stand auf der Karte. Die rührige Chefin Edith nahm ihre Bestellung auf und bemerkte so nebenbei, dass gestern am späten Nachmittag einige Radfahrer durch ein Drahtseil beim Pfefferbüchsel unsanft gebremst worden seien, aber Gott sei Dank hatten die Radler nur leichte Prellungen und Hautabschürfungen. Wohin das noch alles führen solle, denn es wäre das zweite Mal gewesen, dass ein Drahtseil gespannt worden wäre. Auch wenn man dort nicht mit Rädern unterwegs sein dürfe, gehe dies eindeutig zu weit.

Wie weit wirkliche Rücksichtslosigkeit gehen könne, würde man ja bei Maria sehen, dachte sich Franz Gruber, der nichts erwiderte. Das bisserl Blut auf den Knien und Händen ist doch nichts gegen das Schicksal von Maria, diese Wunden heilen, aber Maria wird nie wieder gehen können.

Während Maria einen Schluck von ihrem Soda Zitron nahm, leerte Franz Gruber sein Seiderl Budweiser fast mit einem Schluck. Dabei blickte er auf Radfahrer, die nicht ihr Rad ordnungsgemäß durch die Fußgängerzone schoben, sondern sich langsam ihren Weg durch die vielen Passanten bahnten. In ihren eng anliegenden Sportdressen, bei denen sich die Wohlstandsbäuchlein wölbten, sahen sie so lächerlich aus, dachte sich Gruber. Vor dem Mautwirthaus stiegen die Radfahrer ab, setzten sich tratschend und lachend neben die Grubers und bestellten drei große Bier.

9.

Bürgermeister Stefan Haller war außer sich. Schon zum zweiten Mal wurde ein

Drahtseil gegen Radfahrer gespannt und auch wenn der Bereich des Pfefferbüchsels Maria Enzersdorfer Gemeindegebiet war, so war es für ihn offensichtlich, dass der oder die Täter aus der Gegend kamen. Haller glaubte nicht daran, dass das gespannte Seil ein Einzelfall war. Sein Bauchgefühl sagte ihm, dass weitere Fallen für Radfahrer folgen würden.

Haller, der es sehr schätzte, an Wochenenden ruhig und konzentriert im Amtshaus arbeiten zu können, telefonierte mit Major Hans Müller, um dessen Meinung einzuholen. Müller teilte die Meinung des Bürgermeisters. Die Polizei war gerade dabei, die Drahtseile kriminaltechnisch zu untersuchen. Was er, Müller, zur Zeit sagen könne, wäre, dass vorerst keinerlei Spuren erkennbar wären, keine Fingerabdrücke, keine Faserreste, keine DNA-Spuren. Die Drahtseile müssten also von jemandem gespannt worden sein, der diese Taten sehr bewusst und akribisch geplant hätte. Ob man nun verstärkt die erst kürzlich eingeführte Fahrradpolizei in diesen Gebieten einsetzen könne, wäre noch Gegenstand interner Diskussionen. Lakonisch meinte der Major, dass es der oder die Täter auf illegale Wege abgesehen

hätten, also anscheinend keine Gefahr auf regulären Fahrradwegen bestehen würde.
Beim öffentlichen WC an der Goldenen Stiege zum Schießstättenweg ärgerte sich zur selben Zeit eine Gruppe Radfahrer, als sie ihre luftlosen Reifen betrachteten, in denen Reißnägel steckten.

10.

Franz und Maria Gruber waren Frühaufsteher, auch an den Tagen, an denen sie nicht arbeiten mussten. Sie genossen es aber nicht gleich aufstehen zu müssen, sondern nahmen einen Morgenkaffee und lasen die Zeitungen im Bett.
An diesem Sonntagmorgen wollte Maria nach einem Blick in den Chronikteil einer Zeitung von Franz wissen, was er von den Radlerfallen mit dem Stahlseil hielt. Franz antwortete auf die Frage sehr kurz und meinte nur, dass das alles ein „Witz" sei, denn auf illegalen Trails illegale Seile zu spannen, würde sich ja nach seinem Rechtsempfinden aufheben. Maria neigte ihren Kopf und meinte, dass da noch etwas kommen würde, das würde

sicher nicht das Ende der Fallen sein.
Franz brummte mehr oder weniger zustimmend und machte sich auf, eine Vormittagsrunde mit dem Rad zu fahren. Während dieser zwei Stunden würde Maria ihre Gymnastik-Übungen machen und das Mittagessen vorbereiten. Die Wohnung war gleich nach dem Unfall barrierefrei umgestaltet worden, so dass Maria nicht nur im Bad sehr gut zurechtkam.
Franz verabschiedete sich von Maria, die wie immer sagte, er solle aufpassen. Er sah in seinem Radlerdress genauso aus wie die vielen Freizeitsportler, die er verachtete. Nur, dass sich kein Bäuchlein unter dem hautengen Trikot wölbte. Die Radwege in der Region waren aus seiner Sicht wirklich gut ausgebaut worden. Er steuerte von der Lerchengasse den Radweg entlang des Mödling-Baches an, der ihn bis nach Biedermannsdorf führte. Von dort fuhr er Richtung Vösendorf, am idyllischen Biedermannsdorfer Gemeindeteich vorbei, drehte um und fuhr nach Laxenburg Richtung Guntramsdorf, um entlang des Wiener Neustädter Kanals nach Gumpoldskirchen zu gelangen. Die frische Luft tat ihm gut. Er versuchte den Kopf frei zu machen

und an nichts zu denken, nur zu genießen. Gruber fuhr auf dem Güterweg, vorbei an den Pferdekoppeln sowie am Fußballplatz und schlug den Weg Richtung Thallern ein, da er parallel zur Südbahn nach Hause radeln wollte.
Es war ein schöner, klarer Herbsttag, wie er schon seit Jahren auch Mitte Oktober üblich war. Vom frühen Aufstehen hielten die meisten Menschen nichts, so dass Franz fast alleine seine Runde mit dem Rad drehen konnte. So sehr ihm die Bewegung auch gut tat, geistig konnte er nicht abschalten, obwohl er sich anstrengte. Die gespannten Seile hatten zwar für viel Aufregung gesorgt, aber passiert war nichts. Es ging kein „Ruck" durch die Freizeitradler, disziplinierter zu sein. Die Appelle, ausschließlich auf den genehmigten Wegen zu fahren, waren ihm viel zu wenig oder erschienen ihm hilflos, wenn er an Bürgermeister Stefan Haller dachte, den er als Chef sehr mochte, der aber im Grunde genommen ohnmächtig gegenüber den Zuständen im Wald war.
Franz Gruber musste sich etwas Neues überlegen, um Ordnung zu schaffen.
Maria sollte recht behalten.
Es war noch nicht zu Ende.

11.

Major Hans Müller freute sich auf seinen gegrillten Branzino, den er am liebsten im Haus an der Weinstraße, dem „HaWei", verspeiste. Er schätzte die hervorragende Küche, den Patron und die großartige Aussicht über Mödling und Wien. Nachdem Müller in der Weißes Kreuz-Gasse wohnte, wo seinerzeit ein großvolumiger Wohnbau einer Wiener Genossenschaft mit kupferner Fassade errichtet worden war, ging er gerne zu Fuß in sein Lieblingslokal, ohne Nordic Walking-Stöcke und so, dass er nicht ins Schwitzen kam. Nach diesem zirka einstündigen Spaziergang war er so richtig aufnahmefähig für den Fisch, einen Salat und einen guten Wein.

Patron Giovanni freute sich, den Major zu sehen. Keine aufgesetzte Freundlichkeit, sondern eine von Herzen. Was Müller essen und trinken wollte, wusste er. Giovanni wollte wissen, ob die Polizei schon den Drahtseiltäter geschnappt hätte. Natürlich sei das ein Witz und gefährlich, aber die wahnsinnigen Mountainbiker würden auch seine Gäste gefährden, die am Eichkogel

spazieren gehen und seinen Parkplatz blockieren, ohne etwas zu konsumieren.
Müller runzelte die Stirn und sah Giovanni streng an. Giovanni verstand und eilte in die Küche.
Mit den Drahtseilen hatte sich Müller nicht mehr beschäftigt, keine Spuren, keine Hinweise.
Dafür war Major Müller der SOKO Sozialbetrüger zugeteilt worden. Ein besonders frecher Fall war dieser 61-jährige Mödlinger, der vorgab, schwer invalide zu sein. Müller kannte ihn seit seiner Schulzeit. 21 Jahre konnte der ehemalige Schulkamerad das Arbeitsmarktservice und die Pensionsversicherungsanstalt täuschen. Anstatt mehr oder weniger bewegungsunfähig zu sein, stand er mit großer Begeisterung am Tennisplatz, war Seniorenmeister seines Klubs und gab sogar Trainerstunden. Der Schaden bezifferte sich nach den ersten Erhebungen auf 230.000,– Euro.
Müller musste insgeheim lächeln, denn schon damals war sein Schulkamerad ein ausgefuchster Spitzbub und sehr klug. Wer 21 Jahre die Behörden täuschen kann, muss klug sein oder es gilt der Umkehrschluss für die Behörde, dachte er. Müller war der Meinung, dass

sich Menschen ab dem Kindergartenalter wenig bis gar nicht mehr charakterlich ändern und wurde ständig in dieser Meinung bestärkt.
Giovanni brachte mit großer Geste eine Flasche Pinot Grigio und Leitungswasser, goss den Wein ins vorbereitete Glas und wartete den ersten Schluck des Majors ab.
Müller zeigte sich sehr zufrieden und blickte aus dem großen Fenster, Mödling und Wien vor sich ausgebreitet.
Es war schönes Wetter, noch waren wenig Erholungssuchende am Eichkogel und Anninger zu sehen.
Schon bald sollten alle Parkplätze zu den Einstiegen in den Wald belegt sein.

Auch Helm und Rückenprotektor konnten den Jugendlichen nicht retten: Ein 16-jähriger Guntramsdorfer fuhr mit seinem Rad auf dem asphaltierten, steilen Forstweg vom Parkplatz des Golfklubs Richardhof nach Gumpoldskirchen, wo er nach einer Vollbremsung auf der Höhe des Roten Mäuerls auf einen geparkten Traktor stürzte. Der Jugendliche war mit Freunden beim Downhill-Training im Naturpark Föhrenberge. Das Unglück passierte, als

die Gruppe schon auf dem Heimweg war. Der 16-jährige fuhr voraus und dürfte seine hohe Geschwindigkeit unterschätzt haben. Er wurde über den Fahrradlenker hinweg auf den Traktor geschleudert, der eine Ladetätigkeit vornahm. Wenig später fanden ihn seine Freunde, die rasch die Rettung alarmierten.
Zwei Stunden später verstarb der Guntramsdorfer im Badener Spital.

12.

Franz Gruber wollte nach dem Mittagessen noch etwas unternehmen. Das Wetter war für Mitte Oktober fast spätsommerlich und ein Spaziergang mit Maria durch die Stadt war für ihn die bessere Alternative als die Couch im Wohnzimmer.
Zu seiner Überraschung wollte Maria nicht mit, sie hätte noch so viel Hausarbeit, die sie ohnehin besser erledigen könne, wenn er außer Haus ist, vor allem seine Hemden bügeln. Maria spürte, dass Franz in letzter Zeit unrund lief und deshalb mehr Bewegung brauchte als bisher, er auch

alleine sein wollte, auch wenn er es nicht sagte. Irgendwann würde er ihr sein Herz ausschütten, so wie immer. Bis dahin fragte sie ihn nicht, was ihn bedrückte oder wohin er ging oder fuhr oder wann er wieder zu Hause sein würde.
Gruber war erleichtert. Die Spaziergänge mit Maria waren hauptsächlich auf befestigte Wege beschränkt, also meistens im Bereich des Zentrums und der Hauptstraße. Ausflüge führten sie in den Schlosspark nach Laxenburg und überall dorthin, wo die Wege asphaltiert waren und man den Rollstuhl leicht manövrieren konnte.
Gruber war erleichtert, weil er sich nicht im Zentrum von Mödling bewegen musste, sondern mit seinem Rad zum Richardhof fahren konnte. Einmal schauen, was sich dort tat. Da gab es auch einen beliebten, illegalen Trail ins Prießnitztal, mit einem felsigen Steilstück.
Gruber zog seinen grünen Trainingsanzug an und schulterte den Rucksack.

13.

Bürgermeister Stefan Haller war ein leidlicher Golfspieler. Er spielte, um alleine in der Natur

zu sein, er fand die Landschaftsarchitektur der meisten Golfplätze großartig. Er hasste das sogenannte „Clubleben“, die affektierten Weiber und die großkotzigen Männer, die es in jeder Sportart gibt, früher beim Tennis, jetzt beim Golf.
Er hatte Handicap 42 und jeder Golfer weiß, dass dieses Handicap nichts heißt.
Stefan Haller war Mitglied im Golfclub Richardhof, zwischen Eichkogel und Anninger.
Viele Golfer sagten, dass der Richardhof kein richtiger Golfclub wäre, wegen seiner neun Löcher und dem Klubhaus, das eher einer Baracke glich und keine Schicki-Mickis anzog.
Stefan Haller war dort gerne Mitglied, aus den Gründen, warum andere dort nicht Mitglied wurden. Außerdem hatte er nur fünf Minuten mit dem Auto von zu Hause zum Golfclub.
Er liebte es, ganz zeitig in der Früh zu spielen, wo er keinen sah, mit niemandem reden musste, wo nur ab und zu Pferde auf den Weiden grasten oder sich Rehe und Hasen blicken ließen.
So drehte er auch an diesem Tag eine schnelle Runde, etwas mehr als eine Stunde für diese neun Löcher, die trotzdem anspruchsvoll waren, besonders Loch 5.

Als der Bürgermeister vom Richardhof wegfuhr, hatte er wie immer das Gefühl, dass sein Spiel auch heute wieder zwischen Genie und Wahnsinn angesiedelt war und dass ein schöner und erfolgreicher Tag beginnen könne.

Aus dem Bericht der Bergrettung hieß es, dass es „am Samstag heiß herging". Die Bergrettung wurde am späten Nachmittag, schon nach der Dämmerung, zu einem gestürzten Mountainbiker am Anninger gerufen. Die Alarmierung durch 144 Notruf Niederösterreich deutete dabei auf eine Schulterverletzung sowie Verletzungen im Kopfbereich unbestimmten Grades hin. Vier Mann von der Ortsstelle Mödling machten sich gleich am Weg Richtung Richardhof, wo ein Einweiser auf sie wartete und zur Unfallstelle, einem felsigen Steilstück ins Prießnitztal, auf dem Verbindungsforstweg Richtung Breite Föhre, beim Golfplatz, begleitete. Der schwer verletzte Radfahrer lag seitlich am felsigen Boden, hatte neben der Schulterverletzung auch blutende Wunden am Kopf, da er anscheinend ohne Helm gefahren war. Es erfolgte eine Erstuntersuchung durch einen

Sanitäter, der eine regelmäßige Atmung beim bewusstlosen Opfer feststellen konnte. Ein zufällig anwesender Arzt bot seine Hilfe an, während das Rote Kreuz Mödling von einem der Bergretter nachalarmiert wurde.
Franz Gruber war diesmal sehr zufrieden. Im Schutz der hereinbrechenden Dunkelheit versteckte er sich hinter einem Holzstapel und wartete auf Mountainbiker, die illegal ins Prießnitztal fahren wollten. Dieser einzelne Radfahrer, noch dazu leichtsinniger Weise ohne Helm, war für Gruber ein Glücksfall. Während der Mountainbiker die steile und felsige Abfahrt prüfte und sich dann mit den Beinen am Rad stehend abstieß, schoss ein Stein aus der Schleuder von Gruber mit so großer Wucht gegen den Kopf des Mountainbikers, so dass dieser heftig erschrak, sich reflexartig mit der rechten Hand auf den Kopf griff, dadurch den Lenker verriss und schwer zu Sturz kam.
Gruber genügte es, den Sturz zu hören, er musste nichts sehen, verschwand vom Tatort, setzte sich auf sein Rad und sah schon eine Gruppe von Wanderern auf der Forststraße, die in Richtung Prießnitztal abbogen.

Die Bergrettung wurde wenig später wieder zu einem Einsatz gerufen, diesmal zu einem Wanderweg zwischen dem Kaltenleutgebner See und der Kammersteinerhütte, wo es hieß, dass ein Mountainbiker gestürzt sei und aus eigener Kraft nicht mehr den Weg fortsetzen könne. Mit Unterstützung der Perchtoldsdorfer Polizei wurde der untere Schranken beim See aufgesperrt und die Bergretter gelangten zum Verunfallten, der Knieverletzungen aufwies. Der Verletzte wurde nach Perchtoldsdorf gebracht und dort dem Roten Kreuz übergeben.
In den sozialen Medien wurde abends von einem leichten Mountainbiker-Unfall in Perchtoldsdorf und von einem schweren Mountainbiker-Unfall am Anninger berichtet und dass sich der dort Verunfallte auf der Intensivstation befindet.

14.

Für Bürgermeister Stefan Haller war es mittlerweile nichts Ungewöhnliches, dass sich im Anninger-Gebiet mehr oder weniger schwere Unfälle mit Radfahrern ereigneten. Auch wenn sich eine Mehrheit an Radlern an die zugewiesenen Routen hielt und meistens auch „bremsbereit“ war, lieferten die Achtlosen immer wieder Schlagzeilen. Die Krankenhäuser in Mödling und Baden stöhnten über diese Freizeitunfälle genauso, wie in Wien das Unfallkrankenhaus, wo ein Arzt einmal lapidar bemerkte, dass die undiszipliniertesten Mountainbiker aus Mödling kämen. Natürlich waren diese Unfälle auch Gesprächsstoff im Amtshaus, wobei die aktiven Freizeitsportler sogar Verständnis zeigten, denn der Wald und die Natur gehöre doch allen und die Wanderer sollten doch aufpassen, wenn Radfahrer des Weges kämen. Oft würden Wanderer die Radfahrer beschimpfen und den Weg nicht frei machen, kein Wunder, dass es hier zu Konflikten käme. Franz Gruber hielt sich aus solchen Diskussionen heraus, obwohl er innerlich kochte und schäumte. Er tat so, als ob er nichts hörte, sortierte die Post, fuhr die runden Geburtstagswünsche für die Mödlinger aus, erledigte die anfallenden Botendienste und gelegentlich chauffierte er den Bürgermeister zu dem einen oder anderen Termin. Der Bürgermeister vermied es, mit Gruber über die Mountainbiker zu sprechen, denn er wusste nur zu genau, wie damals der schreckliche Unfall von Maria Gruber das Leben der zwei veränderte, auch den Charakter von Franz Gruber. So blieb es im Auto bei belanglosen Gesprächen, über den Arbeitsanfall, über bevorstehende Veranstaltungen oder über das Wetter.

Major Hans Müller erfuhr in seinem Büro in der Klostergasse über den schweren Mountainbiker-Unfall und sagte sich, dass es die Verrückten mit Seilfallen gar nicht brauche, damit sich die Radler „dastessen“. Wochenend' und Sonnenschein, und dann im Koma in der Intensivstation wäre wohl nicht die Vorstellung eines perfekten Ausflugs. Müller hatte mit seinem Team verschiedenste Fälle von Sozialbetrug bearbeitet und an die Staatsanwaltschaft weitergeleitet. Einige ihm bekannte Namen waren dabei und er fragte sich einmal mehr, welche kriminelle Energie in Menschen steckte, von denen man es nie annehmen würde. Während er den letzten Schluck seines schon kalten Kaffees zu sich nahm, läutete das Telefon und ehe er seinen Namen sagen konnte, wurde er von einem nicht alltäglichen Vorfall informiert, der in seinen Auswirkungen weit über Mödling hinausging. Eine für Mödling bedeutende Bank wurde still und heimlich Opfer von Einbrechern und Dieben, die anscheinend eine Vielzahl von Schließfächern ausraubten.

15.

Major Hans Müller stand im Foyer der Bank und ließ sich vom Direktor über den bisherigen Wissensstand informieren. Der Einbruch dürfte am Wochenende stattgefunden haben, ohne Auslösung eines Alarms. Heute Vormittag wollte ein Geschäftsmann aus der Hinterbrühl sein Schließfach bedienen und bemerkte, dass es leer war. Er verständigte daraufhin die Filialleiterin, die dieser Schilderung vorerst keinen Glauben schenken wollte. Weitere Recherchen seitens der Bank ergaben, dass mehrere Schließfächer entleert wurden, wie viele, könne man zurzeit nicht sagen. Videoaufzeichnungen hätten gezeigt, dass sich ein verdächtiger Mann und eine Frau mit Rucksäcken in der Bank befanden hatten, mit einem Mund- und Gesichtsschutz, der seit der Pandemie zum Alltag gehörte. Selbst nach der Pandemie trugen die Menschen einen Gesichtsschutz und niemand, selbst Banken nicht, hatten Vorbehalte, wenn jemand einen Gesichtsschutz trug.

Den Schaden könne man nicht beziffern, da es ja keine Angaben über die jeweiligen Depots gebe. Der Versicherungsschutz pro Schließfach läge bei etwa 3500,– Euro, bei individueller Zusatzversicherung mehr. Man sei seitens der Bank mindestens so unter Schock wie die Kunden, denn man habe auch international gesehen das sicherste System im Bereich der Safe-Technik eingerichtet. Die Einbrecher müssten sich Zugänge zu unterschiedlichen elektronischen Codes verschafft haben, was nur ein Werk von IT-versierten Profis sein könne. Müller spürte, dass viel und harte Arbeit auf ihn warten würde. Weiters ging die Meldung ein, dass Banken in Klosterneuburg und Wien auf ähnliche Weise beraubt wurden. Auf der Intensivstation des Krankenhauses Baden erlag der im Koma befindliche Mountainbiker seinen schweren Verletzungen.

16.

Die Nachricht vom Einbruch in die Regionalbank verbreitete sich in Windeseile. Bürgermeister Stefan Haller wurde persönlich telefonisch vom Direktor informiert, der seine Fassungslosigkeit nicht verbergen konnte. Auch Haller rang mit Worten und Fragen, da das Geld- und Kreditinstitut seit seiner Gründung in der Hauptstraße das „Flaggschiff" in der sehr bunten Bankenlandschaft Mödlings war. Beginnend bei der Architektur, die Haller an einen ägyptischen Tempel erinnerte, bis hin zum beliebten Veranstaltungsforum und den vielfältigen Serviceeinrichtungen, wobei das Safe- und Schließfachsystem zum sichersten seiner Art in Europa zählte. Haller, der aus Ermangelung von Vermögenswerten keine Ahnung von Schließfächern hatte, war es ein vollkommenes Mysterium, wie man unbemerkt ein so sicheres System austricksen konnte. Der Direktor erklärte, dass die Kassetten in verschiedenen Größen in einem Hochsicherheitsraum, ähnlich eines großen Safes, hinter gepanzerten Türen gelagert wären. In einem eigenen Raum vom Foyer aus könnte man das ganze Jahr

und rund um die Uhr mittels Bankkarte und Zugangsdaten auf die Kassetten zugreifen, die computergesteuert per Lift in das jeweilige Ausgabefach gebracht werden. Die Täter müssen alle Sicherheitsmechanismen ausgeschaltet und sich so Zugriff zum System verschafft haben.
Nach den ersten Erhebungen wurden die Schließfächer auch nicht gewaltsam aufgebrochen, sondern elektronisch leergeräumt. Besorgte Kunden würden die Bank stürmen, jeder wolle sich natürlich vergewissern, ob eigene Betroffenheit vorliege. Über mögliche Schadenssummen könne nur spekuliert werden, aber einige Geschädigte gaben exorbitant hohe Summen an, die sich freilich von der Bank her nicht nachweisen ließen. Höchstens die betroffenen Kunden hätten Fotos von diesen Vermögenswerten gemacht oder wären versichert, dann könne man den Behauptungen nachgehen. Man vertraue der Polizei und Major Hans Müller, der seitens der Kriminalpolizei Mödling den Fall untersuche, aber die Ermittlungen würden ihre Zeit brauchen.
Bürgermeister Stefan Haller konnte ein Lächeln nicht verkneifen, als er einen Bericht des Kuratoriums für Verkehrssicherheit,

auf Basis der Statistik des Innenministeriums, las. Darin wurde festgestellt, dass im Pandemie Jahr der Freizeitsport Radfahren einen Boom erlebte.
So weit, so schlecht, stellte Haller für sich fest, der die Hilflosigkeit der Behörden im Wald mehr als bedauerte.
Was der Gesundheit guttun sollte, ging aber mit einem Anstieg von Verletzten und Toten einher, so war weiter im Bericht zu lesen. Waren es vor zwei Jahren noch 33 Tote, stieg die Zahl im vergangenen Jahr auf 40 an. Mehr als 8000 verletzte Radfahrer gab es vor zwei Jahren, im vergangenen Jahr stieg die Anzahl um fast 20 Prozent an.
Ein trauriger Trend betrifft die E-Biker. 41 Prozent der getöteten Radfahrer waren in den vergangenen drei Jahren mit einem E-Bike unterwegs, im vergangenen Jahr war jeder zweite tödlich verunglückte Radfahrer ein E-Biker.
Das wunderte den Bürgermeister nicht, wenn er an die Mountainbiker am Anninger dachte. Interessant fand Haller hingegen die Umfrage von 1200 Radfahrern, demnach sich drei von vier Radfahrern – also 75 Prozent – zumindest gelegentlich unsicher fühlen.

Davon war im Mödlinger Forst wieder nichts zu spüren, sinnierte der Bürgermeister.

17.

Jeden Nachmittag, wenn er von seiner Arbeit im Amtshaus der Stadtgemeinde Mödling nach Hause kam, wurde Franz Gruber von seiner Frau Maria gefragt, was es Neues gebe und was er erlebt hätte. Nicht, dass er die Frage hasste, kaum dass er die Eingangstür aufsperrte, aber er wollte einmal in den eigenen vier Wänden ankommen. Früher waren beide das eine oder andere Mal nach der Arbeit auf ein „Feierabend-Achterl" gegangen. Maria hatte ihr Büro in der Klostergasse und der Posthof war der ideale Ort, um sich zu zweit beziehungsweise mit anderen auszutauschen. Diese Zeit war vorbei. Franz Gruber trachtete danach, möglichst schnell nach Hause zu kommen, wo Maria auf ihn wartete, die kaum bis keine sozialen Kontakte hatte und für die ihr Franz das Fenster zur Außenwelt war.

Von großen oder außergewöhnlichen

Ereignissen im Amtshaus konnte Franz nicht berichten. Er „sackelte“ wieder einmal Briefe für eine kulturelle Veranstaltung ein und fuhr mit dem Bürgermeister zu zwei Ehrungen. Franz sagte, dass der Bürgermeister sie herzlich grüßen lasse, so wie immer. Das Ereignis des Tages war der Einbruch in die Regionalbank, wo man noch nicht wusste, wer es war und wie die Einbrecher das Sicherheitssystem austricksen konnten. Der Bürgermeister telefonierte im Auto mit dem Direktor der Bank und mit Major Hans Müller, um am letzten Stand der Ermittlungen zu sein. Die Stadt hatte auch Konten bei der Bank, aber keine Wertgegenstände in den Schließfächern. Mit dem spektakulären Einbruch war aber Mödling in aller Munde und dies nicht unbedingt in einem positiven Zusammenhang. Der Bürgermeister meinte, dass man abwarten müsse und dass es auch ähnliche Spuren nach Klosterneuburg und nach Wien gibt, auf jeden Fall wäre viel Aufregung in der Stadt.

Maria Gruber hörte aufmerksam zu. Im Radio war schon vom Einbruch zu hören, der ORF wollte aus dem Landesstudio

Niederösterreich davon berichten. Ihr war nicht gegenwärtig, dass sie Kunden hatte, die wesentliches Bargeld, Schmuck oder Wertpapiere bei ihr versichert hätten. Das Tauziehen um die Schadensersatzansprüche würde sehr interessant werden. Ein findiger Anwalt hatte sich schon zum Sprecher der Geschädigten erklärt, sie gab aus Erfahrung dem Begehren keine Chance. Keine Versicherung und keine wie immer gearteten Nachweise bedeuten kein Geld. Schadensersatzleistungen für Schwarzgeld gab es nicht.
Franz Gruber wollte wissen, ob es auch etwas Neues bei Maria gab. Sie erzählte von ein paar Telefonaten, von der Bearbeitung verschiedenster Polizzen, von der Zubereitung der abendlichen Fleischpalatschinken und dass der verunfallte Mountainbiker – laut Radio Niederösterreich – im Krankenhaus Baden verstorben sei.
Franz Gruber schluckte.
Der ihm unbekannte Mountainbiker war tot.
Tot, durch sein aktives Zutun.
Gruber spürte ein schaurig wohliges Gefühl.
Das erste Exempel hatte er statuiert.

18.

Die Mitarbeiter im Amtshaus hatten nur ein Thema. Wie war es möglich, in einer der sichersten Banken Österreichs an die Schließfächer zu kommen? Wer wurde geschädigt und in welcher Höhe, waren die Wertsachen in den Depots versichert, wie viel Schwarzgeld war im Spiel und wie intelligent muss man sein, um so einen Einbruch durchzuführen? Im Amtshaus war anscheinend kein Mitarbeiter betroffen, zumindest gab es keiner zu und fast ein jeder versicherte, dass er ohnehin keinen Schmuck, keine Wertpapiere oder Bargeld hätte.

Franz Gruber sortierte in seiner Amtsstube, die er mit zwei anderen Mitarbeitern teilte, die Post und hörte beiläufig zu. Schadenfreude machte sich breit, gegenüber der Bank und den Geschädigten. Nur eine Kollegin, die begeisterte Mountainbikerin war, erwähnte bei der Abholung der Post für ihre Abteilung den tragischen Unfall. Und dass sich die Unfälle, so käme es ihr vor, häufen. Ungeeignete Ausrüstung, zu wenig Training und Streckenkenntnis, Menschenmassen im Wald, ja auch mangelnde

Disziplin machte sie für die negativen Vorfälle verantwortlich. Gott sei Dank habe sich der Wahnsinnige mit den Drahtseilen in Luft aufgelöst, in ihren Augen ein Mörder, ja, ein potentieller Mörder, weil er mit Vorsatz gehandelt hatte.
Franz Gruber nickte mit ernstem Gesicht, vermied es aber, ihr recht zu geben, weil er ihr im innersten seines Herzens nicht recht geben konnte. Warum immer die Täter verteidigt und die Opfer vergessen werden, dachte sich Gruber am Schicksal seiner Maria. Auch der Bürgermeister ist ein Waschlappen, der sich von der Mountainbiker-Lobby vorführen lässt, im Sinne des Fremdenverkehrs und der wohlhabenden Egoistenbevölkerung. Der Anninger gehört für Radfahrer gesperrt und aus mit lustig, dachte sich Gruber und kam immer mehr in innere Rage. Der Abgang seiner Kollegin aus der Amtsstube war für Gruber eine innere Befreiung, sonst hätte er sie noch angeschrien. Den Typen mit den Drahtseilen werden sie nicht erwischen, denn der hat sich wirklich in Luft aufgelöst, dachte Gruber lächelnd.

Seit seiner Zeit als Ministrant hatte ihn die biblische Geschichte von David und Goliath fasziniert, wo auch eine körperlich unterlegene Person mit etwas Technik und List scheinbar unbesiegbare Menschen ausschalten kann. Seit seiner Volksschulzeit war Gruber ein begnadeter Schütze mit der Steinschleuder und stellte sie auch selber her, früher aus Zeitvertreib aber jetzt schon seit Jahrzehnten nicht mehr. Bis er eine innere Eingebung hatte, an die alten Fähigkeiten wieder anzuknüpfen, um im Mödlinger Forst für Disziplin zu sorgen. Gruber wollte dabei nicht töten, dafür hielt er die Schleuder – obwohl es sachlich nicht stimmte – für ungeeignet, er wollte eine Spontanreaktion hervorrufen, eine heftige Unachtsamkeit des Mountainbikers, die dann zum Sturz führen sollte, am besten auf steinigem Boden. Verletzungen des Radfahrers waren die logische Folge, einen möglichen Tod konnte man nicht ausschließen, wie das Beispiel in der Nähe des Richardhof zeigte, aber das empfand Gruber gleichsam als Gottesurteil. Franz Gruber würde den schönen Spätherbst noch nützen, um für Disziplin zu sorgen und er wusste, dass der Sonnenaufgang

und die Dämmerung die besten Zeiten für das Schaffen seiner Gerechtigkeit waren, denn zu diesen Zeiten war die Nutzung der illegalen Trails besonders häufig.
Als Franz Gruber am frühen Nachmittag im Auftrag des Bürgermeisters die WC-Anlage am Parkplatz Goldene Stiege kontrollierte, fasste er den Plan, sich beim steilen und steinigen Aufstieg des Wanderwegs Richtung Breite Föhre auf die Lauer zu legen. Dieser Anstieg beziehungsweise die Abfahrt bis zum 3-Stunden-Weg galt als besonders anspruchsvoll, war aber nicht von der Stadt als Mountainbike-Strecke freigegeben. Der Weg folgte einem Einschnitt, mit beidseitigen Anhöhen, wobei die rechte Anhöhe bergauf gesehen, sich besonders gut zum Verstecken eignete. Gruber rieb sich die Hände, das war ein guter Plan.
Bis auf den scharfen Uringeruch waren die Männertoiletten in Ordnung. Bei den Damen-Toiletten stellte er fest, dass es besser wäre, die Reinigungsfirma zu rufen.

19.

Major Hans Müller war wieder einmal bei Giovanni am Eichkogel zu Tisch und ließ die Faktenlage des Bankeinbruchs bei Fisch, Salat und Pinot Grigio Revue passieren. Einer von den Tätern war weiblich und von der kolportierten Gesamtschadenssumme von mehr als 60 Millionen Euro war keine Rede mehr, man sprach jetzt von unter 20 Millionen Euro. Bisher wurde erhoben, dass die Täter schon Wochen vor dem Einbruch begonnen hatten, mittels sogenannten „skimmings" der Karten von zutrittsberechtigten Personen sowohl beim Eingang zum Diskretraum als auch beim Terminal des unmittelbaren Schließfachsystems diese zu kopieren. Müller ließ es sich von seinen Kriminaltechnikern so erklären, dass in den Eingabeschlitz ein von außen nicht sichtbares Kopiermodul eingebaut wird, mit dem die Informationen des Magnetstreifens Schritt für Schritt aufgezeichnet wurden. Diese Informationen wurden dann von den Tätern ausgewertet und deckungsgleiche Kopien angefertigt. Die zu den Karten gehörenden PIN-Codes wurden von versteckt installierten, winzigen Kameras

abgefilmt, wenn die Bankkunden auf ihre Fächer zugriffen. Kurz vor dem Einbruch dürften die Täter alle Installationen abgebaut haben.
Major Müller konnte es nicht fassen.
Mehr als vierzig Mal verschafften sich die Täter Eintritt in die Bank, um ihre Vorbereitungen zu treffen. Die Überwachungskamera der Bank filmte sogar einen der Täter, wie er vierzehn Tage vor dem Einbruch eine kopierte Karte zum Testen der Eingangstür zum Saferaum ausprobierte.
Niemand bemerkte die handwerklichen Aktivitäten der Einbrecher.
Wer schaut schon nach oben, dachte Müller und schob sich ein Salatblatt in den Mund.
Interessant war es aber, dass es einen Zusammenhang zwischen dem Bankeinbruch in Mödling und einem großen Hackerangriff auf die schwedische Firma Gunnebo gab. Der schwedische Hersteller von bis dato 100-prozentig sicheren Safeanlagen war im Sommer Opfer von Cybercrime geworden, anscheinend einer Vorarbeit zum Mödlinger Coup.
Der Major nahm einen Bissen vom herrlich gegrillten Wolfsbarsch und ließ den

Fisch in seinem Mund im Grauburgunder schwimmen.
Mit einem großen Seufzer und wissend, dass die Polizeiarbeit noch eine „gewaltige Hack'n" werden wird, schloss er kurz seine Augen und träumte von Strand und Meer.

20.

Franz Gruber war sehr gut aufgelegt, als er am frühen Nachmittag nach Hause kam. Nicht immer zogen sich seine Mundwinkel nach oben, nicht immer hatte er ein Liedchen auf den Lippen, wenn er seiner Maria ein Küsschen auf die Wange gab.
Maria freute sich über die Stimmungslage ihres Mannes, sie war nicht alltäglich. Sie gab sich auch nicht überrascht, als Franz meinte, dass die „Küche kalt bleiben solle", denn er würde sie gerne ins Waldgasthaus „Bockerl" an der Goldenen Stiege ausführen.
Nachdem Franz noch nichts gegessen hatte, schlug er vor, mit dem Auto vorzufahren. Normalerweise schätzte er es nicht, sich im Zentrum von Mödling mit dem PKW zu

bewegen, aber ein knurrender Magen war für ihn Grund genug.
Maria gehörte nicht zu den Frauen, die, bevor sie außer Haus gingen, noch eine lange Zeit vor dem Spiegel verbrachten. Sie war eine attraktive, schlanke Frau, mit halblangen, braunen Haaren, kleiner Nase, hohen Backenknochen und vollen Lippen, aber mit nicht mehr funktionierenden Beinen. Im Home-Office schluderte sie nicht mit Sweater und Jogginghose herum, sondern kleidete sich geschäftsmäßig, entweder ein Kostüm, Hose mit Bluse und Sakko, manchmal ein Dirndl. Sie wollte ihren regelmäßigen Tagesablauf auch zu Hause haben, vom Aufstehen bis zur Mittagspause. Sie hasste es, wenn sich andere gehen ließen, sie war von der Notwendigkeit überzeugt, dass man mit Disziplin leichter durchs Leben kommt.
Maria Gruber schnappte sich ihre Handtasche und eine leichte Jacke, blickte noch einmal kritisch in den Spiegel und fuhr mit Franz im Aufzug in die Tiefgarage.
Am frühen Nachmittag gab es noch genügend Parkplätze an der Goldenen Stiege, die Sonne schenkte noch ihre letzten wohligen Strahlen des Tages, so dass sogar

noch einige Schanigartenplätze im „Bockerl“ besetzt waren. Auch die Grubers entschieden sich, im Garten zu verweilen. Franz schob den Rollstuhl von Maria zu einem Tisch, wo sie beide einen guten Überblick über den Gastgarten und den Parkplatz hatten. Franz brauchte auch im „Bockerl“ keinen Blick in die Speisekarte zu werfen, er rief schon beim Eingang dem Kellner Spare Ribs, ein großes Bier und einen weißen Spritzer, zu. Maria gustierte unter den Tagesgerichten und bestellte für sich gebackene Steinpilze, die sie seit ihrer Kindheit über alles mochte. Während das Ehepaar Gruber an ihren Getränken nippte, bemerkte Franz, wie sich der Parkplatz Auto um Auto füllte. Der eine oder andere tapfere Mountainbiker fuhr die Straße zum Parkplatz hinauf, der eine oder andere Wanderer war am Schießstättenweg zu sehen und wollte auch die letzten Sonnenstrahlen des herrlichen Herbsttages genießen. Als die Grubers mitten im Essen und Genießen waren, hatte der Parkplatz seine Kapazität erreicht, Autos kreisten, manche hupten oder schimpften bei offenem Fenster, alle auf der Lauer nach einer möglichst dem Waldeinstieg nahen Parklücke.

Franz Gruber lächelte.
Er saß mit dem Gesicht zum Parkplatz und sah, wenn der eine oder andere Mountainbiker von ihm aus, aus der rechten Seite des Waldes, hervorkam. Dann wusste er, dass sich dieser Radfahrer auf einem illegalen, herausfordernden und nicht ungefährlichen Trail befand.
Franz Gruber wusste, wo er sich auf die Lauer legen würde, mit seiner Steinschleuder, im grünen Trainingsanzug.
Franz Gruber lächelte und Maria freute sich, dass die latente Schwermut ihres Mannes wie weggeblasen schien.

21.

Bürgermeister Stefan Haller war mit einer Beschwerde von Radfahrern konfrontiert, die sich am Eichkogel von Hunden angegriffen fühlten. Für viele Hundehalter war es gleichsam ein Kavaliersdelikt geworden, ihre Lieblinge im Stadtgebiet und in nicht erlaubter Weise ohne Leine oder Beißkorb spielen und laufen zu lassen. Dazu kam, dass viele Hundehalter ihre Hunde nicht im Griff hatten. Damit waren fast wöchentliche Konflikte vorprogrammiert, die der Bürgermeister hasste. Die meisten Hundehalter waren in diesen Fällen uneinsichtig und meinten, die anderen müssten aufpassen. Mödling war im Laufe der Jahre zu einer „Hundestadt" geworden. Mehr als 1000 angemeldete Hunde bei knapp 13.000 Haushalten bedeutete, dass fast jeder zehnte Haushalt einen Hund besaß. Während viele Haushalte keinen Hund besaßen, war bei jenen, die einen besaßen, ein Trend zum Zweit-, Dritt- und sogar Vierthund bemerkbar. Darüber mokierten sich die Spaziergeher, Wanderer und Radfahrer, wenn sie auf schmalen Wegen im Zick-Zack ausweichen mussten, wenn da so eine Herde auf sie zukam und sie Sätze hörten, wie: „Er will doch nur spielen."

Bürgermeister Stefan Haller hatte seine eigenen Vorstellungen, was Hundehaltung in der Stadt anbelangte. Einen Hund sollte nur der halten dürfen, der über ein entsprechendes Leumundszeugnis, Einkommen und Wohnungsgröße verfügt, am besten mit einem Garten.

Haller empfand es für unerträglich, dass viele Hundehalter die tägliche Scheiße ihrer Vierbeiner auf öffentlichem Grund liegen ließen. Er diskutierte darüber oft mit der Polizei, die im Rahmen der Straßenverkehrsordnung für die Ahndung der Hundstrümmerl zuständig war, bekam aber immer wieder zur Antwort, dass man Verbrecher jagen müsse und für Hundescheiße keine Zeit hat.

Er war überhaupt der Meinung, dass ein Hund, der in Größe und Gestalt den Namen „Hund" verdient, in der Stadt nichts zu suchen hätte. Für Haller war Hundehaltung in der Stadt reinste Tierquälerei, mit Ausnahme der sogenannten „Taschenhunde", die für den Bürgermeister ohnehin keine richtigen Hunde waren. Früher, so sinnierte Haller, gehörten diese Hunde zu den Accessoires von Prostituierten, heute sind sie Spielzeug von einigen Damen der Gesellschaft, zu welchem Zweck auch immer.

Normalerweise fühlten sich Spaziergänger oder Wanderer von undisziplinierten Hundehaltern belästigt oder angegriffen. Die Beschwerde der Radfahrer am Eichkogel, von freilaufenden Hunden attackiert

worden zu sein, ohne dass die Hundehalter eingeschritten wären, nicht nur das, sie hätten auch gelacht und den Hunden zugesprochen, war eine neue Dimension im Konfliktdreieck Mensch-Rad-Hund.
Franz und Maria Gruber trafen im Stiegenhaus, gleich neben dem Aufzug, einen lieben Nachbarn, der mit seinem Schäferhund von einer frühabendlichen Runde nach Hause kam. Dieser erzählte sogleich von den Ereignissen des Vormittags, wo er mit einem Freund – ebenfalls Hundebesitzer – am Eichkogel spazieren ging und von einer Gruppe Mountainbiker auf das Übelste beschimpft wurde, weil sie angeblich den engen Weg nicht frei machten. Mehr hätten die Radler nicht gebraucht, als sie die Zähne der Hunde sahen, lachte der Nachbar.
Franz Gruber lachte mit.
Er mochte weder Hunde noch Radfahrer.

22.

Franz Gruber war vor 7 Uhr ins Amtshaus gekommen. Er arbeitete gerne in der Früh,

wurde nicht angequatscht und konnte in aller Ruhe seinen zweiten Kaffee trinken und die Tageszeitungen durchblättern.
Franz Gruber war dermaßen entspannt, dass er sogar bei dem einen oder anderen Schlager vom Sender Radio Niederösterreich mitsummte.
Gestern Abend hatte Maria Gruber die gute Laune ihres Mannes genützt, um ihm wieder im Bett näher zu kommen.
Franz Gruber liebte seine Frau und sie war nach wie vor eine sehr attraktive Person, voller Zärtlichkeit und Hingabe zu ihm. Seit dem Unfall und der Querschnittlähmung von Maria war aber der Sex ein anderer geworden. Zunächst einmal Monate nichts, dann vorsichtige Annäherungen von ihm und schließlich jene Art von Sex, die sie nun Zeit ihres Lebens haben würden.
An spontane Lust war nicht mehr zu denken, aber die vergeht ohnehin nach einem Jahr, gab sich Franz Gruber der Realität hin.
Ihr Sex musste nun vorbereitet werden.
Maria Gruber musste nun mit ihrem Rollstuhl zuerst ins Badezimmer fahren, wo sie ihren Katheter entfernte und sich mit einer

Gleitcreme einschmierte. Gewisse Positionen waren ausgeschlossen, aber koitaler Sex, bei dem Franz auf seine Kosten kam, war möglich und er nahm diese Möglichkeit auch gerne wahr. Maria spürte im vaginalen Bereich nichts, absolut nichts. Franz stimulierte sie bei ihren Brustwarzen und knabberte an ihren Ohren. Maria sagte, dass es eine andere Art von Orgasmus sei, den sie nun spüre. Dieser neue Orgasmus sei ein vergeistigter, er käme nun stärker aus dem Kopf und die wahren Abenteuer sind ohnehin im Kopf. Franz Gruber war davon nicht restlos überzeugt, erwiderte aber nichts. Was hätte er auch erwidern sollen, dass mit Maria nicht mehr alles so war wie früher, das wusste sie selbst. Sie wusste aber auch, dass ein entspannter Mann ein verträglicher Mann ist, nicht nur zu Hause, auch auf seinem Arbeitsplatz.

Von Minute zu Minute kamen die Kollegen ins Amtshaus. Der einzige, der vor Franz Gruber ins Amtshaus kam, war der Bürgermeister. Bürgermeister Stefan Haller war ein notorischer Frühaufsteher, der auch gerne wesentliche Arbeiten vor 8:00 Uhr erledigte und sich täglich einen

Überblick über die Nachrichtenlage machte. Einige Neuigkeiten vom Bankeinbruch, undisziplinierte Radfahrer und überforderte Hundehalter waren heute das Frühstück des Bürgermeisters, das ihm nach dem ersten Schluck seiner selbstgemachten Büromelange Sodbrennen verursachte.
Franz Gruber sortierte die Post und die zuzustellenden Briefe sowie Pakete, rechnete die Goldmünzen für die besonderen Geburtstage und Hochzeitstage ab, telefonierte mit dem Blumengeschäft, stellte in der Sala terrena die Möbel um und half eine Ausstellung vorzubereiten. Seine außer Haus-Termine nahm er dienstlich mit dem von ihm verfluchten E-Auto wahr und kontrollierte auf Geheiß des Bürgermeisters die Sauberkeit von einigen öffentlichen Toiletten.

Sein Mittagessen fiel schwach aus, wie Franz Gruber zu sagen pflegte, nur ein Vollkornbrot mit Schinken, ein Apfel und verwässerte Buttermilch zum Trinken. Er wollte seinen Magen nicht belasten, da er am Nachmittag noch etwas vorhatte. Schnell nach Hause, umziehen, hinauf auf das Rad Richtung Goldene Stiege, nach

ungefähr zwei Stunden – das müsste genügen – wieder nach Hause, eine heiße Dusche und ein leichtes, gepflegtes Abendessen mit seiner Maria, die er dann ausreichend fragen würde, wie ihr Tag war.
Franz Gruber stellte das E-Auto gegen 15:00 Uhr im Hof des Amtshauses ab und ging gutgelaunt und schnellen Schrittes nach Hause.

23.

Franz Gruber war in seinem Versteck kaum zu sehen.
Er hockte über dem steinigen Graben, dem Aufstieg zur Breiten Föhre, schon näher zum 3-Stunden-Weg hin. Zum natürlichem Geländeschutz kamen Bäume und Sträucher sowie sein alter, olivfarbener Trainingsanzug, schwarze Handschuhe, eine schwarze Wollmütze und ein schwarzer Gesichtsschutz, so wie ihn Schifahrer bei widrigen Wetterverhältnissen unter dem Helm tragen. Seine Knie lagen auf dem Rucksack, aus dem er vorher die Steinschleuder nahm. Franz

Gruber hielt die Schleuder fest in seiner rechten Hand. In Deutschland gilt die Schleuder, verbunden mit einer Fixiereinrichtung zum besseren Zielen als Waffe, in Österreich als Lausbubenspielzeug.
Die Dämmerung ließ mehr und mehr das Licht über dem Weg verschwinden, die Sicht war aber noch ausreichend. In der halben Stunde, wo er sich unerkannt verbergen konnte, waren vielleicht ein, zwei Wanderer des Wegs gekommen und ein Mountainbiker, der sich wegen der Steilheit des Wegs sehr langsam bergab bremste und so kein lohnendes Ziel für Franz Gruber abgab.
Zuvor hatte Gruber sein Fahrrad bei den Holzstößen am 3-Stunden-Weg geparkt und war so von „oben" zu seinem Versteck hinabgestiegen. Er ging davon aus, dass der vom Stein getroffene Mountainbiker bergab stürzen würde und er nur bergauf die Chance hatte, unerkannt und schnell zu fliehen.
Franz Gruber spürte die aufkommende Kälte nicht, er war hoch konzentriert. Gelegentlich bewegte er seine Finger, hielt aber ständig die Schleuder in der rechten Hand, in der linken einen passenden

Stein. Immer wieder ging ihm durch den Kopf, was er für ein toller Schütze in der Kindheit war, bewundert von seinen Klassenkameraden, keine Blechdose war vor ihm sicher, er traf sogar, wenn die Blechdose in die Luft geworfen wurde.
Als er vor zwei Monaten durch Zufall seine alte Steinschleuder im Keller seiner Wohnung fand, war es eigentlich seinem Spieltrieb zu verdanken, die Schleuder wieder auszuprobieren. Nachdem sie aus Metall war, erneuerte er nur den Gummizug. Am Kinderspielplatz des Schießstättenwegs probierte er die Schleuder aus und war mit seinen Treffergebnissen hoch zufrieden. Einmal kam er auch mit Maria am Spielplatz vorbei und sie musste für ihn die Dosen hochwerfen, ähnlich wie Tontauben, nur nicht so hoch und er als Schütze nicht so weit entfernt, vielleicht fünf bis zehn Meter. Franz Gruber traf nicht immer, war aber mit seiner Leistung sehr zufrieden und Maria freute sich einmal mehr über die kindliche Freude ihres Mannes bei diesem Spiel.
Franz Gruber war in seinem Versteck überzeugt, dass er einen herabfahrenden Mountainbiker irgendwie mit dem Stein

treffen könnte, die Entfernung zum Weg war keine sieben Meter und es galt ja nur, den Körper irgendwie zu treffen, damit der schmerzhafte Überraschungsmoment den Radler zu Sturz brachte.
Für den Mountainbiker kam es mehr als überraschend, als er sehr zügig den Weg herabfahrend einen heftigen Schlag, ja Schmerz, am linken Oberarm spürte. Die Hundertstelsekunde des Unerwarteten genügte für einen Moment der Unaufmerksamkeit, wo der Radfahrer kurz nach links blickte, seine rechte Hand vom Lenker nahm und sich auf den linken Oberarm griff.
Der Vorderreifen verriss auf dem steilen und steinigen Untergrund, der Mountainbiker kam zu Sturz und prallte infolge seiner Geschwindigkeit auf den Boden, rutschte noch einige Meter ab, während das Rad hinter ihm blieb.
Franz Gruber schlich sich katzengleich aus seinem Versteck, in tiefer Haltung, die Schleuder im Rucksack, bergauf hastend in Richtung 3-Stunden-Weg, hin zum Holzstoß, wo er sein Fahrrad abgestellt hatte. Die Dämmerung ging ins Dunkel über, niemand befand sich mehr auf den

Wanderwegen. Gruber nahm die Maske vom Kopf und stopfte sie in den Rucksack, bevor er den Heimweg über die Forststraße hin zum Schießstättenweg antrat.
Sein Herz pochte, er war mit sich zufrieden und ein inneres Glücksgefühl schlich sich ein, als er sich auf sein Fahrrad setzte.
Der zu Sturz gekommene Mountainbiker, kurz vor der Ausfahrt zum Parkplatz an der Goldenen Stiege, lag regungslos am harten und steinigen Waldboden.

24.

Major Hans Müller gönnte sich wieder einmal ein leichtes Abendessen in seinem Lieblingslokal. Eigentlich war er „Mittagesser“ und vermied es, zur abendlichen Stunde feste Nahrung zu sich zu nehmen. Aber gegen einen mediterranen Salat und einen leichten italienischen Weißwein könne auch sein leicht übergewichtiger Körper nichts sagen, dachte der Major.
Er saß auf seinem Stammplatz, mit dem Blick über Mödling und Wien, und

studierte die neuesten Erkenntnisse in Sachen Bankeinbruch.
Wie bei komplizierten und undurchsichtigen Fällen üblich, wurden nun auch Nebenschauplätze eröffnet. Irgendeine Sammelplattform hatte die Bank geklagt, da sie der Ansicht war, die Schutzstandards wären veraltet und unzureichend gewesen.

Die Plattform meinte, dass die Art und Weise des Einbruchs eigentlich ein Witz sei, wenn die Täter nur ein einfaches Lesegerät gebraucht hätten, um Daten von Magnetstreifen der Kunden heimlich kopieren zu können und mit einer versteckten Kamera PIN-Code-Eingaben ausspioniert werden konnten.
Die Plattform war der Ansicht, dass die Bank die Pflicht hätte, ausreichende technische Vorkehrungen auf der Höhe aktueller technischer Standards zu treffen. Grob fahrlässige Untätigkeit habe den Einbrechern das Auslesen von persönlichen Daten erleichtert, damit seien die Kunden in ihrem Grundrecht auf Datenschutz verletzt worden.
Müller senkte das Aktenblatt, schüttelte den Kopf und schaute aus dem Fenster.

Insgesamt waren 29 Bankschließfächer in Mödling geleert worden und die Geschädigten gaben insgesamt einen zweistelligen Millionenbetrag an. Sechs Personen konnten als Täter vorerst erkannt werden, wobei sie Taschen und Rucksäcke bei sich hatten, mit denen sie die – angeblich in den Schließfächern befindlichen – Juwelen, Gold, Uhren, Wertpapiere und Bargeld abtransportierten.
Nachdem die Polizei eine Belohnung von 100.000 Euro ausgesetzt hatte, trafen einige, wenige Hinweise ein, die auch Major Hans Müller überprüfen musste.
Giovanni kam gerade rechtzeitig mit der Flasche Pinot Grigio und schenkte Müller noch ein Gläschen ein.

Franz Gruber brauchte keine fünfzehn Minuten, um mit dem Rad im Schutze des immer dunkler werdenden Himmels, von den Holzstößen am 3-Stunden-Weg in die Lerchengasse zu kommen. Sein teures Karbonfahrrad versperrte er immer sorgfältig im Kellerabteil der Garage. Er nahm seinen Rucksack ab und verstaute sowohl die Steinschleuder als auch den schwarzen Gesichtsschutz in einer Kiste,

wo das Ehepaar die Schikleidung aufbewahrte.
Maria war seit ihrer Lähmung nicht mehr in das Kellerabteil gekommen. Es gab auch nichts, was sie im Kellerabteil für den monatlichen, ja jährlichen Gebrauch aufbewahrte. Vielleicht den warmen Anorak, den aber Franz selbstverständlich nach oben holte, wenn sie danach verlangte.
Franz Gruber war ganz entspannt als er die Wohnungstür öffnete und Maria ein Küsschen auf die Wange gab. Beim Duschen überkam ihn ein derartiges Glücksgefühl, dass er sich nicht gleich auf den liebevoll gedeckten Tisch zum Abendessen setzte, sondern auf Maria im Schlafzimmer wartete, die im Badezimmer ihre Vorbereitungen traf.

25.

Bürgermeister Stefan Haller wurde früh morgens telefonisch in seinem Büro von der Polizei informiert, dass ein Mountainbiker in der Nähe vom Gasthaus „Bockerl“, am steinigen und steilen Weg

Richtung Breite Föhre, zu Sturz kam und in Folge eines Genickbruchs noch vor Ort verstarb. Ein Wanderer, der es liebte, mit einer Stirnlampe spazieren zu gehen, hatte noch am Abend die Polizei und die Rettung alarmiert.
Haller war mehr wütend, als dass er Mitleid mit dem Verunglückten empfand. Die Egoisten, die sich an keine Regeln, Gebote und Verbote halten, würden immer mehr werden und sie gefährden die Allgemeinheit. Haller war entschlossen, zu handeln. Nur ein generelles Radfahrverbot im Mödlinger Wald könnte diese Misere beenden. Dazu bräuchte man aber auch entsprechende Überwachungsorgane, nur mit Verbotstafeln komme man nicht weiter, wie man sieht. Notwendig wären weiters entsprechende „Einbauten" bei illegalen Trails, die das Fahren unattraktiv machen. Eine Krisensitzung muss her, alle Fakten und mögliche Maßnahmen auf einen Tisch und rasches Handeln ist angesagt. Die Mountainbiker, die sich schon jetzt nichts scheren, werden auch auf die allgemeine Winterruhe pfeifen, gab sich der Bürgermeister überzeugt.
Ein völlig entspannter Franz Gruber war

wenig später nach dem Bürgermeister ins Amtshaus gekommen, gleich ins Expedit gegangen und begann seinen Zeitplan für den heutigen Arbeitstag zu erstellen. Als eine Mitarbeiterin des Bürgerservices mit den Tageszeitungen ins Expedit kam und ihm gegenüber bedauerte, dass schon wieder ein Mountainbiker zu Tode kam, nickte er nur und spürte ein leichtes Zittern von wohliger Erregung im ganzen Körper. Die Ahnungslosen werden glauben, dass sich die tödlichen Unfälle zufällig häufen. Sollen sie nur an Zufälle glauben.

In Wirklichkeit sorgt er, Franz Gruber, für Disziplin im Wald und würde es weiter tun.

Als am Nachmittag die Teilnehmer der Krisensitzung das Zimmer des Bürgermeisters verließen, kreißten die Berge und ein Mäuslein war geboren. Stefan Haller wollte es radikal angehen, doch die Mountainbiker-Lobby hatte Bedenken, der Fremdenverkehrsobmann hatte Bedenken, die Hüttenwirte hatten Bedenken, der Forststadtrat hatte Bedenken und der Stadtamtsdirektor hatte Bedenken.

Man müsse mit etwaigen Maßnahmen vorsichtig sein und Sanktionsmöglichkeiten hätte man ohnehin nicht. Ein bisserl mehr an Tafeln, ein bisserl mehr an losen Absperrbändern und ein bisserl mehr Überwachung bei den Parkplätzen zum Mödlinger Forst, waren die Vorschläge, die den Bürgermeister in die innere Immigration trieben. Es wurde beschlossen, eine Kommission zur ständigen Evaluierung der Maßnahmen und ihrer Auswirkungen zu gründen.
Stefan Haller verbat sich, daran teilzunehmen und lächelte in Erinnerung an die Worte des legendären Bundeskanzlers Dr. Bruno Kreisky, der einmal meinte, dass eine Kommission aus einer ungeraden Anzahl von Personen bestehen müsse und drei Personen wären schon zu viel.
Haller merkte gegen Ende der Sitzung an, dass er bei einem weiteren, schweren Fahrradunfall seine Kompetenzen als Bürgermeister voll ausspielen würde und das bedeute ein generelles Mountainbike-Verbot im Mödlinger Wald.
Franz Gruber verließ gemeinsam mit Stefan Haller das Amtshaus und sprach dem Bürgermeister sein Bedauern über die

tragischen Mountainbike-Unfälle aus. Gerade er, Franz Gruber, könne schmerzhaft nachvollziehen, welche Veränderungen im Leben von Betroffenen ein solches tragisches Ereignis mit sich bringt.

26.

Eva Gruber wollte beim Morgenkaffee von Franz wissen, was er von den Unfällen der Mountainbiker halte. Aus ihrer Sicht waren ganz einfach zu viele Mountainbiker im Wald und da genüge eine geringe Anzahl von Undisziplinierten und schon könne ein Unglück geschehen, wie man ja an ihrem Beispiel sieht. Franz erwiderte, dass sie als Unbeteiligte zum Handkuss gekommen sei, während damals – und er bezeichnete sie als Verbrecher – diese Typen ungeschoren davongekommen wären. Die Unfälle in letzter Zeit hätten eine größere Gerechtigkeit inne, denn jene, die sich um nichts scheren, würden nun selbst bestraft werden. Natürlich sind die Todesfälle tragisch, doch bezeichnender Weise waren die Unfälle immer nur auf den verbotenen Strecken.

Der Bürgermeister läuft schon ganz unrund und hat eine Kommission auf die Beine gestellt. Franz betonte, dass er nichts davon halte und wie weit man nun gekommen sei, wenn man als Waldbesitzer eine eigene Polizei brauche.
Eva Gruber blickte vom großen Esszimmertisch aus dem Fenster in Richtung Husarentempel. Nie wieder würde sie die Anstrengungen einer Bergauffahrt spüren, nie wieder würde sie dieses eigene Gefühl der Freiheit beim Bergabfahren fühlen, da sie in ihren Beinen nichts fühlte und nichts spürte. Eva Gruber konnte aber zu ihrer Erleichterung bei Franz eine gewisse Entspannung seines Gemüts erkennen. Er war seit ihrem Unfall ein anderer geworden, sein unbeschwertes Lachen, seine Spontanität aber auch seine Art mit ihr umzugehen, waren nicht mehr so wie früher.
Eva Gruber war sehr feinfühlig. Sie konnte in den letzten Wochen ein mehr an Lachen, ein mehr an Spontanität, ein mehr an Zärtlichkeit bei Franz erkennen. Vielleicht ist es der viele Sport, im Grunde genommen die tägliche Bewegung, dachte sie.
Eva Gruber blickte noch immer aus dem Fenster und stellte für sich fest, dass dieser

ungewöhnlich schöne und warme Herbst langsam zu Ende ging.
Ob es in der kalten Jahreszeit weniger Mountainbiker am Anninger geben werde, fragte sie Franz.
Eigentlich dürfte es von November bis Ende Februar gar keinen Mountainbiker geben, da im Wald eine allgemeine Ruhezeit verordnet ist, sagte er, nahm die kleine Aktentasche an sich, verabschiedete sich von Eva mit einem Küsschen auf die Wange und verließ die Wohnung in Richtung Amtshaus.
Franz Gruber war sich aber gewiss, dass es einige Unbelehrbare geben würde.
Ein paar Tage gab er sich Zeit.
Er war sich sicher, einen Unbelehrbaren zu Fall zu bringen.

Unabsichtlich zu Fall kamen aber auch immer wieder Wanderer, die entweder im felsigen und manchmal rutschigen Gelände nicht Obacht gaben oder deren Schuhwerk nicht für die Anninger-Wege geeignet waren.
So wurde am späten Nachmittag die Bergrettung von der verunfallten Wanderin selbst alarmiert. Sie gab als Unfallort den

Schubertweg im Hinterbrühler Kiental an. Der Chef der Bergrettung, Sepp Hofer, gab später zu Protokoll, dass die Frau von der Vorhut mit einer Aluminiumpolster-Schienung und Coolpacks erstversorgt wurde. Die danach eintreffende Mannschaft legte in Folge eine Vakuum-Beinschiene an und legte die Wanderin in die Gebirgstrage auf eine Vakuum-Matratze.

Mittels Mannschaftsbremse, die die Trage rücksicherte, erreichte die Bergrettung mit der Verletzten schließlich die Forststraße, wo dann die Übergabe an das Rote Kreuz erfolgte.

Oft wurde den Mödlinger Bergrettern die Frage gestellt, wozu man im Wienerwald eine alpine Rettungsorganisation brauche. Wenn sie dann Beispiele von ihren Einsätzen brachten und ihre Einsatzstatistik darlegten, war das auch den Salzburger und Tiroler Kameraden eine ausreichende Antwort.

27.

Es war gute Übung geworden, dass sich Bürgermeister Stefan Haller mit Major

Hans Müller einmal im Monat zu einem Mittagessen im Babenbergerhof traf. In den vergangenen Jahren diskutierten sie eine Serie von Einbrüchen in Wohnungen und Einfamilienhäusern, die Situation rund um den Bahnhof oder die mehr oder weniger versteckte Drogenkriminalität in der Babenbergerstadt. Der Major erklärte dabei das Vorgehen der Polizei und ersuchte um das Verständnis bei der dementsprechenden Polizeitaktik, während der Bürgermeister die Sorgen und Anliegen der Bevölkerung mitteilte, die natürlich der Auffassung war, dass Haller auch eine Funktion als „Oberpolizist" hätte.
So war im Laufe der Jahre eine gewisse Freundschaft entstanden, wo auch das eine oder andere private Wort fiel, meistens, was den Austausch von Reisezielen und die damit verbundenen Geheimtipps betraf.
Major Hans Müller war ganz in Gedanken verloren als sich der Bürgermeister an den kleinen Tisch in der Nische des offenen, abgetrennten Raumes setzte.
Der Einbruch in die Bank war natürlich das Gesprächsthema in der Stadt und die Ermittlungen liefen auf Hochtouren. Müller erzählte von zahlreichen Hinweisen, die

nun gesammelt wurden und das Bild vom Tathergang abrundeten.
Ausgefuchste Einbrecher müssen das gewesen sein, merkte er an und schob sich einen halben Esslöffel Kalbsbeuscherl in den Mund. So einen professionellen Einbruch hätte er noch nie erlebt. Nicht nur die Ausforschung der Täter wäre eine mühsame Sache, sondern auch die Nebenschauplätze blieben spannend.
Bürgermeister Stefan Haller sagte, dass das Ganze unglaublich ist, denn die Bank verfügte ja über das beste Sicherheitssystem seiner Art. Einige Mödlinger wären schon auf ihn zugekommen und hätten sich als Geschädigte geoutet, mehr oder weniger verzweifelt, wer nun für den Schaden aufkomme.
Dazu kämen unterschiedliche Rechtsauffassungen, weil das Ministerium für Konsumentenschutz meint, dass die Bank über die garantierten 3500 Euro hafte, während der Oberste Gerichtshof anderer Ansicht ist.
Haller, der an diesem Mittag nicht bei Appetit war, stocherte in seinem Caesar‘s Salad herum und setzte fort, dass es noch interessant werden könnte, welche Werte

die Geschädigten gegenüber der Bank und einer allfälligen Versicherung angeben. Wahrscheinlich wären Bagatellbeträge kein Problem, aber größere Werte nachzuweisen, schon schwieriger, da auch das Finanzamt informiert werden müsse.
Beide waren sich einig, dass noch viele Fragen offenblieben. Angesichts der gegenwärtigen Herausforderungen könne man sich einen baldigen, weil sehr notwendigen, Urlaub auch abschminken. Die Erholung müsse nun im schönen Wienerwald gefunden werden. Aber man hätte ja das Privileg, ein großes Naherholungsgebiet vor der Tür zu haben.
Major Hans Müller meinte, dass es aber mit der Erholung seit der Pandemie nicht weit her wäre, denn unzählige Erholungssuchende würden den Mödlinger Wald stürmen, zunehmend Müll hinterlassen und die Mountainbiker wären überhaupt so eine Geschichte.
Bürgermeister Stefan Haller gab dem Major Recht und erwiderte, dass er leider keine Polizeikompetenz im Wald habe und mit der Rücksichtnahme und dem Miteinander es ganz einfach nicht klappt. Ob die tragischen Unfälle, einige sogar mit

Todesfolge, abschreckend auf die intensive, zum Teil auch illegale Nutzung durch die Radfahrer wären, ließ er dahingestellt. Ganz tragisch empfand er den tödlichen Sturz eines jungen Familienvaters vor ein paar Tagen in der Nähe vom „Bockerl" an der Goldenen Stiege.

Wie weit wäre man gekommen, wenn man im Wald um seine Unversehrtheit bangen müsse, so der Bürgermeister, aber zum Teil trage man selber Schuld.

Eine Hoffnung wäre jetzt die Wintersperre bis Ende Februar, wo ein Nutzungsverbot für die Mountainbiker verordnet ist und das schon seit Jahrzehnten, aber auch die Frage, ob man sich daran hält.

Mit einem Hauch der Resignation tranken beide ihren Mokka aus und verließen das Restaurant.

28.

Die Polizei tappte weiter im Dunkeln, die meisten Schanigärten waren eingezogen, die buntgefärbten Blätter an den Bäumen wurden vom Wind abgeworfen, der

„Sturm“ ging in den „Staubigen“ über, das „Ganslessen“ war auf seinem Höhepunkt und immer mehr Geschäfte und Lokale in der Mödlinger Fußgängerzone bereiteten sich auf das Weihnachtsgeschäft vor.

Es war die Zeit der kleinen und großen Malheure, wie Maria Gruber immer zu dieser Jahreszeit zu sagen pflegte. Missgeschicke vor allem im Haushalt, wie von der Leiter fallen, mit heißem Wasser verbrühen oder mit dem Messer in den Finger schneiden, der eine oder andere Stolperer auf der Straße oder am Gehsteig und natürlich alle möglichen Freizeitunfälle.
Sie arbeitete zu Hause an ihrem Schreibtisch ein paar Versicherungsfälle auf, als Franz – so wie jeden Tag gegen 15:10 Uhr, mit Ausnahme von Freitag gegen 13:10 Uhr – von der Arbeit nach Hause kam und sich einen seiner olivgrünen Trainingsanzüge anzog. Vorher musste er zum „Rapport“, wie er zu sagen pflegte, denn Maria wollte jeden Tag wissen, wie es ihm gegangen sei und was es Neues gibt. Fast jeden Tag und so auch heute gab er dieselbe Antwort: Post geholt, Zeitungen verteilt, Büromaterial bestellt, Geburtstagsgrüße des

Bürgermeisters überbracht, Mödling-Taler geholt, den Dienstwagen gewartet und die eine oder andere öffentliche Toilette kontrolliert.

Vorsorgehalber hatte sich Franz Gruber während seines Präsenzdienstes beim Bundesheer mit vier dieser aus heutiger Sicht altmodischen Sportbekleidung eingedeckt. Für ihn waren sie sehr zweckmäßig, bequem und leicht zu waschen. Maria hatte ihn schon mehrmals überzeugen wollen, sich den einen oder anderen moderneren Trainingsanzug zu kaufen, doch er lehnte immer wieder ab.

Diese olivgrüne Farbe wurde nicht mehr hergestellt. Dieses Olivgrün, das ihn im Wald fast unsichtbar machte. Er hätte nie gedacht, dass diese olivgrünen Trainingsanzüge für ihn einmal so wertvoll sein würden.

Er gab Maria einen Kuss auf die Wange, die ihren Rollstuhl etwas vom Schreibtisch wegbewegte. Wie immer sagte sie zu ihm, dass er nicht vom rechten Weg abkommen solle und lachte dabei. Er musste auch jedes Mal lächeln, meinte aber, dass er nicht mit dem Rad fahren wolle, sondern eine Runde laufen gehen würde, so in Richtung

Neuweg, Meierei-Wiese, kleiner 3-Stunden-Weg und über die Goldene Stiege wieder nach Hause.
Maria nickte, Franz würde keine Stunde dafür brauchen und dann eine „schlanke“ Jause vorfinden, nämlich Hüttenkäse mit Knoblauch, Paradeiser, Paprika, Gurken, Vollkornbrot sowie eine gespritzte Buttermilch.
Franz Gruber verließ die Lerchengasse in Richtung Fußgängerzone, wo ihm ein Radfahrer in der von Menschen wimmelten Kaiserin Elisabethstraße entgegenkam. Sein lautes „Orschloch“ und sein gestreckter Mittelfinger ließ mehr Passanten aufschrecken als der sich langsam bewegende Radfahrer selbst.
Franz Gruber hatte es geahnt, als er von zu Hause weglief. Er hatte es gespürt. Er würde in Mödling keine Runde laufen gehen können, ohne dass ihm undisziplinierte Radfahrer entgegenkommen würden, oder undisziplinierte Hundebesitzer. So fand er sich schon in der Kaiserin Elisabethstraße bestätigt, wurde am Neuweg bestätigt, bei der Meierei-Wiese durch freilaufende Hunde bestätigt, nicht bestätigt am kleinen 3-Stunden-Weg, aber am

felsigen und steilen Weg Richtung Goldener Stiege, wo er vor ein paar Tagen für Gerechtigkeit sorgte, fuhr da schon wieder ein Mountainbiker diesen illegalen Trail, sein Vorderrad fast in den Kniekehlen von Franz Gruber, der sich umdrehte und den Radfahrer heftig anschrie. Der Radfahrer, der eher vorsichtig den Weg bergab fuhr, bremste, verriss den Lenker und kam fast wie in Zeitlupe zu Sturz.
Franz Gruber setzte wutschnaubend seinen Lauf fort, ohne zurückzublicken und hoffte innerlich zumindest auf Hautabschürfungen.

Zu Hause angekommen, war der Esstisch schon gedeckt, Maria beendete ihre Versicherungsagenden, während Franz sich schnell unter die Dusche stellte. Auf dem Weg ins Badezimmer rief ihm Maria nach, ob er gewusst hätte, dass die Versicherung nichts bezahlt, wenn ein Mountainbiker auf einem illegalen Trail verunfallt.

29.

Am Freitag vor dem Schlafengehen sagte Franz Gruber zu seiner Frau, dass er sehr früh Sport betreiben möchte, denn dann hätten sie den ganzen Tag für das Einkaufen, Spazierengehen oder einen Lokalbesuch genügend Zeit.

Franz Gruber saß auf seinem leeren Rucksack, im Morgengrauen versteckt, am Rande der Anhöhe des steilen und steinigen Weges von der Goldenen Stiege zur Breiten Föhre. Er hatte wieder einmal einen seiner olivgrünen Trainingsanzüge an, die schwarze Schimaske über dem Gesicht, eine schwarze Wollmütze über den Kopf und schwarze Lederhandschuhe über seinen Fingern. Links von ihm, auf dem Rucksack, lagen die Steinschleuder und ein paar ausgesuchte Steine. Genauso, wie vor fast vierzehn Tagen, war er perfekt getarnt, umgeben von Sträuchern und Bäumen.

Franz Gruber wusste, dass am Wochenende einige Mountainbiker ausschwärmten, um in den frühen Morgenstunden am Anninger zu fahren, natürlich auch auf den illegalen Trails. Damit wichen die Radfahrer den vielen Wanderern und anderen Erholungssuchenden aus und konnten sich so fast unbehindert zur Belohnung den Abfahrten mit hohen Geschwindigkeiten hingeben, es sei denn, sie wurden von den Autos der Hüttenpächter oder des Jagdpächters überrascht, was auch regelmäßig für Konflikte sorgte.

Das Dunkel der Nacht ging immer weiter zurück. Es war eine schöne herbstliche Stimmung, die Temperatur etwas über dem Gefrierpunkt, die Sonne bahnte sich ihren Weg.

Franz Gruber hörte von oben, wie Geäst beiseite geschoben wurde und sich Steine vom Boden lösten. Schnell nahm er seine Steinschleuder und spannte einen Stein, hoch konzentriert und entschlossen.

Der Mountainbiker bahnte sich relativ schnell seinen Weg und war rasch im Gesichtsfeld von Gruber. Ein leichter Schnalzer, kaum hörbar, füllte die Luft und der Stein traf den Radfahrer am linken Oberschenkel. Der Mountainbiker verriss den Lenker, das Vorderrad stellte sich quer, er stürzte vom Rad und blieb regungslos liegen.

Gruber atmete tief durch, stand langsam

auf, als er Stimmen von Wanderern hörte, die vom Parkplatz der Goldenen Stiege den Aufstieg zum Anninger nahmen.
Franz Gruber spürte seine Herzschläge.
Hastig nahm er den Rucksack und lief bergauf zu dem Holzstapel am 3-Stunden-Weg, wo er wie beim letzten Mal sein Fahrrad abgestellt hatte. Im Laufen riss er sich die Haube und die Maske von Kopf und Gesicht, stopfte sie in den Rucksack, schwang sich auf das Fahrrad, fuhr Richtung Meierei-Wiese und versuchte, seine Pulsfrequenz wieder in den Griff zu bekommen.
Die Wandergruppe war entsetzt und innerlich aufgelöst, als sie nur mehr den Tod des Mountainbikers feststellen konnten. Umgehend riefen sie Polizei und Rettung, die auch in wenigen Minuten kamen und ihre Arbeit aufnahm.

Major Hans Müller wollte sich an diesem Samstag das Essen verdienen und nachdem er ein notorischer Frühaufsteher war, machte er sich auch auf den Weg zum Anninger über die Goldenen Stiege, um über die Veigl-Hütte und den Richardhof nach zirka vier Stunden wieder nach Mödling zu

kommen, gerade rechtzeitig zu Mittag, duschen inklusive.
Seine Aufbruchsstimmung kippte in Arbeitshaltung über, als er die blauen Lichter und die Einsatzfahrzeuge sah.
Ein Polizeikollege erstattete Auskunft, Major Hans Müller konnte sich als Polizist selbst von der Unfallstelle überzeugen.
Nachdem es sich anscheinend um einen tragischen Unfall handelte, gab es für einen Kriminalbeamten nichts zu tun. Müller wollte seine Wanderung fortsetzen und suchte sich rechts vom steilen und steinigen Weg, bergauf gehend, einen Pfad auf der Erhöhung, da die Unfallstelle selbst abgesperrt war.
Wäre Major Hans Müller nicht darauf getreten, hätte er die Steinschleuder übersehen. Instinktiv nahm er sein Stofftaschentuch aus der Wanderhose, hob die Waffe seiner Kindheit auf, ging wieder bergab zum Parkplatz, um die Schleuder der Polizei mit dem Hinweis auf eine kriminaltechnische Untersuchung mit den Worten „am Montag will ich die Ergebnisse am Tisch" zu übergeben.
Als Franz Gruber die Einsatzfahrzeuge von Polizei und Rettung am Parkplatz der

Goldenen Stiege sah, kehrte er mit seinem Rad noch vor dem Johannes-Steig um. Auf der Höhe Rieger-Straße kam ihm der schwarze Leichenwagen der städtischen Bestattung Mödling entgegen.
Als er vom Parkplatz der Goldenen Stiege nach Hause kam, wollte er sein Fahrrad, den Helm, die Handschuhe und den Rucksack im Keller verstauen. Er spürte Übelkeit aufkommen, als er die Steinschleuder aus dem Rucksack nehmen wollte und nicht fand.

30.

Gegen 13 Uhr kam Major Hans Müller zu seinem wohlverdienten Mittagessen, das er im Haus an der Weinstraße einnehmen wollte.
Der dienstbeflissene Giovanni eilte zu Müllers Stammplatz, schon mit einem Gläschen Prosecco in der Hand und schwärmte über die Fischspezialitäten, die noch vor ein paar Stunden das Meer gesehen hätten.
Müller war ganz und gar nicht nach Fisch, Salat und Pinot Grigio, was er jetzt brauchte, war österreichische Hausmannskost, am besten

einen Schweinsbraten mit Kraut und Knödel und vorab ein Krügerl Märzen.
Seine Wanderung, die ihm den Kopf frei machen sollte, entpuppte sich als Gegenteil von Entspannung und Stressabbau.
Was hatte diese Steinschleuder zu bedeuten?
Wahrscheinlich nichts, ein Kind dürfte sie verloren haben, denn weiter unten gab es einen kleinen Klettergarten, den Familien gerne aufsuchten, warum sollte nicht ein Kind in den Kletterpausen auf Aludosen oder ähnliche Ziele geschossen haben und warum sollte deshalb nicht ein Kind die Schleuder weiter oben verloren haben.
Als Müller Kind war, hatte fast jedes Kind eine Steinschleuder.

Er atmete durch und holte den Wochenbericht des Bezirkspolizeikommandos aus dem Sakko.
Giovanni war schwerstens über Müllers Bestellung enttäuscht, da half auch kein zureden, Müller beabsichtigte etwas zu essen, was er noch Stunden später im Magen spüren wollte. Giovanni schüttelte den Kopf, faltete seine Hände und schlich in die Küche.

Im Wochenbericht war von einem Rückgang der Einbruchsdelikte die Rede. Eigentlich blieb es bei Versuchen von Einbrüchen und Müller erinnerte sich an die Situation vor drei Jahren, wo eine Einbruchsserie Mödling erschütterte. Anscheinend ist in Mödling nichts mehr zu holen, dachte er bei sich und wusste, dass es nicht stimmte. Zentrum der damaligen Einbruchsserie war das Gebiet rund um das Krankenhaus, was ihn sehr verwunderte, weniger die Villenviertel von Mödling. Dafür bildete sich aber eine Bürgerinitiative am Eichkogel, die mit Kameraattrappen versuchte, potenzielle Einbrecher abzuschrecken. Mit Erfolg, wie Müller der Statistik entnahm, wurden nämlich vor drei Jahren zwei Einbrüche registriert, war es heuer in den Messerern – eine Straße am Eichkogel, die ins Villenviertel führt – nicht einmal ein Einbruchsversuch. Vom Einbruch in die Bank lagen keine neuen Erkenntnisse vor.

Dafür explodierten die Internet-Kriminalität und diverse Betrügereien. Kriminelle versuchten durch den sogenannten „Polizeitrick“ gutgläubige Bürger um ihr Erspartes zu bringen. Sie kontaktierten ihre Opfer über das Telefon, oftmals mit einer vorgetäuschten Nummer der Polizei und gaben sich als Kriminalbeamte aus. Die Täter warnten vor Einbrüchen und boten den potentiellen Opfern an, die Wertgegenstände sicher zu verwahren.

.

Müller verkutzte sich an einem guten Schluck Märzen und dachte sich, wie gutgläubig und blöd die Menschen sein können.

Der Major konnte sich nicht so richtig auf seinen Schweinsbraten konzentrieren, der dampfend vor ihm auf dem Teller lag, da ihm die Steinschleuder nicht aus dem Kopf ging. Er glaubte nicht an Zufälle, er sagte sich, dass Ereignisse immer Schicksal wären.

Bürgermeister Stefan Haller ging in seinem Büro auf und ab.

Am späten Nachmittag hatte er den Anruf des Kommandanten der Freiwilligen Feuerwehr bekommen, dass sich oberhalb der Johannesruhe, am Weg zur Burgruine Mödling, ein Brand entwickelte, der sich im trockenen Föhrenwald rasch ausbreitete. Kurz nach 16:30 Uhr wurden die ersten Feuerwehren alarmiert. Die Einsatzstelle wäre aufgrund der schwierigen

topografischen Verhältnisse mit Fahrzeugen kaum erreichbar.
Sieben Feuerwehren des Bezirks Mödling mit 130 Mitgliedern sowie zwei Hubschrauber des Innenministeriums wurden alarmiert und waren bis in die Nachtstunden beschäftigt, das Feuer unter Kontrolle zu bringen.

Bürgermeister Stefan Haller war fix und fertig und hoffte wieder einmal auf Regen. Ein Waldbrand, noch dazu in der Nähe des Wohngebiets der Goldenen Stiege, könnte zu einer Katastrophe ausarten.
Er erinnerte sich an den verheerenden Brand vor mehr als zwanzig Jahren in der Nähe der jetzigen Brandstelle, der durch einen weggeworfenen Zigarettenstummel verursacht wurde.
Als der Feuerwehr-Kommandant dem Bürgermeister nach zwei Stunden „Brand aus" vermeldete, fiel Haller ein Stein vom Herzen. Insgesamt war ein Hektar Wald dem Feuer zum Opfer gefallen.
Obwohl die Brandursache noch nicht exakt festgestellt werden konnte, vermutete die Feuerwehr aufgrund der Indizien eine illegale Feuerstelle, die außer Kontrolle geraten war.

Major Hans Müller hatte nun eine Ermittlungstätigkeit mehr.

Maria und Franz Gruber hätten die Rauchschwaden im Bereich der Goldenen Stiege von ihrer Wohnung in der Lerchengasse aus sehen können, wenn sie nicht die Vorhänge vor den Fenstern gegen 16:15 Uhr zugezogen hätten.

31.

Franz Gruber versuchte mit gewissen Atemübungen zur Ruhe zu kommen und sich einzureden, dass man die Steinschleuder nicht finden werde. Sollte man die Steinschleuder doch finden, würde das nichts aussagen. Eine Steinschleuder in der Nähe des Familienklettersteiges könnte auch ein Kind verloren haben. Sollte die Schleuder doch gefunden werden, wären keine Fingerabdrücke zu finden und keine Hinweise, wem die Schleuder gehört.
Maria Gruber war schon angezogen als Franz nach Hause kam. Sie überging seine

Geistesabwesenheit und wartete mit ihren Fragen, wo er heute war und wie es war, als er aus dem Bad kam.
Franz erzählte, dass er wieder einmal den Mödling-Bach-Radweg bis nach Biedermannsdorf gefahren wäre und dann über Guntramsdorf nach Gumpoldskirchen und über den Eichkogel nach Hause. Er hätte die frühe Morgenstunde genossen, kein Mensch sei mit dem Rad zu sehen gewesen und die Autofahrer hielten sich auch in Grenzen.
Er schlug Maria vor, eine große Runde im Laxenburger Schlosspark zu machen, hin zum Concordiatempel und dann über den Wasserfall zur Franzensburg.
Maria mochte den Laxenburger Schlosspark sehr. Die großzügige Parkanlage mit ihren asphaltierten Wegen war hervorragend für sie als Rollstuhlfahrerin geeignet, einerseits um die dortige Natur mit ihren gewaltigen Bäumen aufzusaugen, andererseits um sich richtig „auspowern" zu können.
Das Ehepaar verbrachte zwei Stunden in Laxenburg, wobei Franz strapazierfähige Freizeitkleidung trug und Maria einen in rosa gehaltenen modischen Trainingsanzug. Immer wieder setzte sie auf den Wegen zu

Sprints an und war einfach glücklich, die Herbstsonne und sich selbst zu spüren.
Die Fröhlichkeit und Energie von Maria übertrug sich auf Franz, der sich allmählich von den Ereignissen des frühen Vormittags erholte. So gefiel ihm seine Maria, so gefiel ihm das gemeinsame Leben, wenn nicht dieser unerträgliche Unfall gewesen wäre, verursacht durch gewissenlose und rücksichtslose Falotten.
Franz bereute im Innersten seines Herzens nichts, ganz im Gegenteil, dieses Gefühl der inneren Befriedigung, seinen Beitrag für Recht, Ordnung, Disziplin und Vergeltung geleistet zu haben, bereitete ihm großes Wohlbehagen. Was ihn ein paar Stunden irritierte, war die verloren gegangene Steinschleuder, die keinerlei Hinweise zu ihm gab, nicht einmal Fingerabdrücke, deren Verlust aber trotzdem ein Fehler war, den er im Bauch spürte.

Im Bauch spürte er nach dem Ausflug und dem Duschen auch ein großes Verlangen nach einem Mittagessen, das sie im Mautwirthaus einnahmen. Wie immer brachte Edith die Speisekarte und zählte die Tagesspezialitäten auf. Franz bestellte dann

auch wie immer die slowakische Krautsuppe, den Emmentaler mit Majonäsesalat und Knoblauchsauce, dazu zwei Krügerl Budweiser, während Maria einen Salat mit Hendlstreifen und ein großes Soda Zitron zu sich nahm.
Jedenfalls lag nun der Emmentaler schwerer im Magen als die verloren gegangene Steinschleuder.

32.

Die Sonntagszeitungen berichteten in ihren Chronik-Teilen ausführlich vom tödlichen Mountainbiker-Unfall an der Goldenen Stiege. Auch, dass sich die Unfälle mit Radfahrern im Mödlinger Wald häuften und dass der Nutzungsdruck von Erholungssuchenden zunahm. Die Zeitungen brachten in Erinnerung, dass vor ein paar Wochen auch Seile gespannt wurden und mutmaßten über die Hintergründe, dass es vielleicht einen Mountainbiker-Gefährder gebe, aber ohne Bezug auf die Todesfälle.
Sonntag war der Tag, an dem Franz die

Zeitungen holte, den Kaffee machte und das Ehepaar im Bett frühstückte.
Beim Blättern durch die Zeitungen blieb Maria beim Vorfall an der Goldenen Stiege hängen und wollte von Franz wissen, was er davon halte, denn diese Unglücksserie wäre ihr unheimlich. Franz meinte nur, dass es wohl das Gesetz der Serie wäre und dass es ihn nicht wundere, dass sich die Unfälle häuften. Zwei, drei Tränen sickerten ihm über die Wangen. Wäre sie, Maria, nicht das tragische Schicksal für den Wahnsinn, der sich schon fast täglich im Wald abspielt? Franz sagte, dass er kein Mitleid für die Verunfallten hätte. Wenn die Zeitungen das richtig schreiben würden und wie er die anderen Unfälle in Erinnerung habe, wären diese auf gesperrten und illegalen Trails passiert. Also selber Schuld.
Absolut selber Schuld.

33.

Major Hans Müller war Montagvormittag in seinem Büro in der Klostergasse und studierte den kriminaltechnischen Bericht über die Steinschleuder. So wie er vermutete, war nicht die kleinste Spur zu finden, schon gar kein Fingerabdruck. Trotzdem hatte er noch immer das Gefühl, dass die Steinschleuder irgendwie in Zusammenhang mit dem Tod des Mountainbikers stand.

Müller griff zum Telefonhörer und gab die Anweisung, eine gerichtsmedizinische Untersuchung zu veranlassen. Man solle den Körper auf Verletzungen oder andere Veränderungen auf der Haut untersuchen, die nicht typisch für den Sturz auf diesem Gelände wären.

Bürgermeister Stefan Haller berief im Amtshaus erneut eine Krisensitzung ein und erteilte die Weisung, dass das Mountainbiken bis auf weiteres im Mödlinger Wald verboten ist. Gemeindebedienstete und eine Sicherheitsfirma sollten dieses Verbot bei den Parkplätzen zum Wald überwachen.

Franz Gruber fuhr vor seinem Dienstantritt mit dem Fahrrad auf die Goldene Stiege, um nach seiner Steinschleuder zu suchen. Er vermutete, dass sie ihm aus dem Rucksack gefallen wäre. In der Eile hätte er sie wahrscheinlich nur schlampig

versorgt, den Rucksack nicht verschnürt und beim Schultern wäre es passiert.
Im Halbdunkel versorgte er sein Rad am Parkplatz beim „Bockerl“ und ging mit einer aufgedrehten Stirnlampe in Richtung seines Verstecks, hinauf am steilen und steinigen Weg zur Breiten Föhre.
Am Parkplatz beobachtete eine Frau in Sportbekleidung einen Mann, der in Straßenkleidung und mit einer Stirnlampe anscheinend den Anninger hinaufgehen wollte.
Die Frau saß in ihrem zivilen Dienstauto und schenkte sich heißen Kaffee aus der Thermoskanne ein. Seit Samstagmittag hatte die Polizei den Auftrag von Major Hans Müller, die Umgebung unauffällig zu beobachten. Müller teilte die Ansicht, dass ein Verbrecher immer an den Ort der Tat zurückkehrt.
Sollte der Tod des Mountainbikers kein Unfall gewesen sein, sondern ein Anschlag, bei dem die aufgefundene Steinschleuder eine Rolle spielen würde, dann käme der Täter zurück.
Für die Frau war der Mann in Straßenkleidung und mit der Stirnlampe auffällig genug, um aus dem Auto zu steigen und die

Verfolgung aufzunehmen. Sie hielt ausreichend Abstand und schlich ihm auf dem steilen und steinigen Weg in Richtung Breite Föhre nach.
Nach dem Familienklettersteig hätte Franz Gruber rechts die Anhöhe hinaufgehen müssen. Doch er tat es nicht, er blieb am Weg.
Er hatte kurz vor der Naturparktafel am Parkplatz die Tür eines stehenden Autos gehört und im Augenwinkel eine Frau gesehen.
Franz Gruber wollte kein Risiko eingehen und blieb daher am Weg.
Die Frau blieb hinter ihm und als sie merkte, dass der Mann vor ihr nicht in Richtung Fundplatz der Steinschleuder ging, überholte sie ihn mit schnellen Schritten.
Am 3-Stunden-Weg bei den Holzsammelstellen täuschte sie Dehnungsübungen vor und Franz Gruber ging in Richtung Prießnitztal.
Die Frau machte kehrt und ging wieder bergab zu ihrem Auto.
Gruber wartete ein paar Minuten ab, machte auch kehrt und folgte der Frau. Als er sich beim Familienklettersteig vergewisserte, dass die Frau außer Sicht- und

Hörweite war, setzte er seinen ursprünglichen Plan um und suchte sein zweimaliges Versteck nach der Schleuder ab.
Doch die Steinschleuder war nicht zu finden, sie war nicht da.

Die Frau in der Sportbekleidung saß wieder in ihrem zivilen Dienstauto und machte von Franz Gruber Fotos, als er mit seinem Fahrrad an ihr vorbeifuhr. Montags war Franz Gruber immer gegen 7:00 Uhr auf seinem Arbeitsplatz. Als er gegen 8:00 Uhr ins Amtshaus kam, war er verschwitzt, unkonzentriert und die Kollegen waren über seine Verspätung verwundert.

34.

Am Dienstag beschäftigte sich Major Hans Müller mit weiteren Fällen großangelegten Sozialbetrugs und wieder war es für ihn keine unbekannte Person, die das Sozialsystem zu ihren Gunsten nutzen wollte.
Eine Flugbegleiterin kassierte von ihrer schon im Jahre 2014 verstorbenen 85-jährigen Mutter fast sechs Jahre die Pension

weiter. Insgesamt sackte dieses Miststück 140.000 Euro ein.
Schon vergangenen Sommer waren Pechtoldsdorfer Polizisten von der niederösterreichischen Pensionsversicherungsanstalt informiert worden, dass die 85-jährige eigentlich schon Anfang September 2014 in ihrem Haus in der Hochstraße verstorben war. Die monatliche Pension von rund 1400 Euro plus Kriegsopfer-Rente wurde aber bis zuletzt monatlich abgehoben, weil auch die Bank vom Ableben der betagten Dame nichts wusste.
Die Sonderermittler gegen Sozialbetrug konnten als Zeichnungsberechtigte für das Konto die 62-jährige Tochter Katharina, ehemalige Flugbegleiterin bei Lauda-Air und vor Jahrzehnten einmal ein „Gschpusi“ von Major Hans Müller, ausforschen.
Nachdem die Bank das Konto gesperrt hatte, legten sich die Polizisten in der Perchtoldsdorfer Filiale auf die Lauer und konnten die Verdächtige beim Versuch des Abhebens auf frischer Tat überraschen und verhaften.
Müller war nachdenklich und ein wenig traurig, als er von diesem Sozialbetrug las. Die Katharina war eine fesche und

eloquente Frau, schon vor zwanzig Jahren zweimal geschieden und an jedem Finger stets fünf Verehrer. Geldsorgen hatte sie nur insofern, als dass sie mehr ausgab – meistens für Markentaschen, Schuhe und Uhren – als sie einnahm.
Müller kam mit ihr durch Zufall zusammen, weil er nicht hinter ihr „herumschwanzelte“ wie die anderen Männer oder sie mit plumpen Sprüchen in den Lokalen, wo man sich traf, ansprach.
Sie sprach ihn an.
Müller machte es nichts aus, dass sie um ein paar Jahre älter war, das fand er sexy, zumindest damals.
Was folgte, waren sieben Monate voller Leidenschaft, Partys, Urlaube und Alkohol.
Nachdem Müllers Welt weder aus Louis Vuitton, Prada, Chanel, Rolex, Dom Pérignon, Implantaten noch Botox bestand, war das Ende der Beziehung absehbar.
Mehr als zwanzig Jahre hatte er von ihr nichts gehört oder gesehen.
Jetzt wusste er mehr, als ihm lieb war.

Nachmittags bekam Major Hans Müller den Obduktionsbericht des verunglückten

Mountainbikers auf seinen Schreibtisch. Die Kollegen hatten rasch und sorgfältig gearbeitet. Neben vielen typischen Sturzverletzungen vermerkten die Pathologen einen Abdruck am linken Oberschenkel des Opfers. Als Todesursache wurde ein Herzinfarkt – wahrscheinlich in Folge eines Schrecks – konstatiert. Der Verunfallte war 64 Jahre alt, mit durchschnittlicher Figur und leichtem Bauchansatz, aber mit nachgewiesenen Herzproblemen, wahrscheinlich in Folge von Diabetes Typ 2.

Müller fragte sich, was sich dieser Mann eigentlich beweisen wollte. Golf spielen wäre nicht annähernd so anstrengend gewesen wie „bergradeln" und höchstens schreckhaft bei eigenem Schlagversagen oder bei einem Hole-in-one.

Aber dieser Abdruck am linken Oberschenkel.

Der könnte natürlich viele Ursachen haben.

Auch einen Stein, der durch die Luft geflogen kam.

Müller rief in der Gerichtsmedizin an, dass er noch vorbeikommen wolle, zog sich seinen Mantel an und nahm die Steinschleuder mit.

35.

Major Hans Müller wusste an diesem Mittwoch, dass der Abdruck am linken Oberschenkel des Opfers auch von einem Stein herrühren könnte.

Bürgermeister Stefan Haller war von Müller angerufen worden, ob er ihm bei einer Foto-Identifikation helfen könne.

Nach dem tödlichen Fahrradunfall am vergangenen Samstag ließ er den Parkplatz an der Goldenen Stiege bewachen. An die fünf Polizisten in zivil, in Sport- oder Wanderbekleidung, sollten Beobachtungen machen, ob sich jemand „verdächtig" benimmt. Der Bürgermeister war informiert, denn die Aktion diente auch dazu, undisziplinierte Mountainbiker, rasende Autofahrer und das Parkchaos besser in den Griff zu bekommen.

Nur mit dem Hinweis auf sein Gefühl, dass die Steinschleuder wahrscheinlich im Zusammenhang mit dem Unfall steht, hätte Major Hans Müller diese Aktion nie von Oben genehmigt bekommen. Müller war überzeugt, dass der oder die Täter zum Tatort zurückkehren, sollte die Steinschleuder tatsächlich eine Rolle gespielt haben.

Ergebnis des Einsatzes waren Abmahnungen, Organmandate, Anzeigen und eine Fülle von Fotos, von denen die Polizisten meinten, dass sich die Abgelichteten auffällig in der Nähe des Fundorts der Steinschleuder befanden oder sich „komisch“ benahmen.

Über fünfzig Fotos hatte Müller auf die Pinnwände in seinem Besprechungszimmer angebracht. Der Bürgermeister sollte nun bei der Erkennung helfen.

Müller ging mit Haller Foto für Foto durch. Einige Mödlinger erkannte er, auch einige Personen, die sich regelmäßig in der Stadt und im Wald aufhielten. Verdächtig schienen die ihm bekannten Personen nicht, aber eindeutig ausschließen konnte er niemanden.

Beim Foto von Franz Gruber meinte der Bürgermeister, dass der ein „armer Hund“ wäre. Er sei fleißig, tüchtig, verlässlich und arbeite im Expedit des Amtshauses. Seit dem Unfall seiner Frau sei er aber ein anderer geworden, nicht mehr so gesellig. Früher war er gerne noch auf ein, zwei Bier nach Dienstschluss mit den Kollegen gegangen. Seine Frau Maria ist von Mountainbikern niedergefahren worden und

seitdem querschnittsgelähmt und an den Rollstuhl gefesselt.
Major Hans Müller sah den Bürgermeister lange an.
Ob Gruber eine Steinschleuder besitzt?
Haller zuckte mit den Schultern.

36.

Den Mittwochnachmittag nützte auch ein 68-jähriger Wiener, eine Mountainbike-Runde am Beethoven-Wanderweg zu drehen. Er war alleine mit seinem E-Mountainbike vom Richardhof aus unterwegs. Als ein Wanderer zufällig ins Innere des Gumpoldskirchner Steinbruchs vorstieß, entdeckte er einen am Boden liegenden, blutenden Mann, im hautengen Radlerdress und mit kleinem Bierbauchansatz. Der vom Wanderer alarmierte Notarzt konnte nur mehr den Tod des Verunfallten feststellen. Wie die Polizei zu Protokoll gab, stürzte der Mann aus unbekannter Ursache, nicht weit weg von der Hubertus-Hütte, vom Forstweg mehr als 20 Meter über steiles, felsdurchsetztes Gelände. Die

Polizei sucht nach Zeugen, da es bisher keine Hinweise auf den Unfallhergang gab.
Franz Gruber hatte sich diesen Mittwoch freigenommen.
Sein Mountainbike lehnte am Holzzaun der Veigl-Hütte, er selbst kaute an einer Extrawurstsemmel mit Gurkerl, die gespritzte Buttermilch in der Thermoskanne vor sich und schaute lächelnd ins vor ihm liegende Wiener Becken.

37.

Am Donnerstag war der erste Weg des Bürgermeisters ins Expedit des Amtshauses, um sich vorgeblich die Zeitungen zu holen. Der eigentliche Grund war, Franz Gruber wegen der Steinschleuder zu fragen. Obwohl es ihm lächerlich erschien, sich bei einem erwachsenen Mann nur wegen des „Bauchgefühls" eines Polizisten nach einem Spielzeug zu erkundigen, machte er das. Major Hans Müller sollte die gewünschte Auskunft bekommen.
Franz Gruber gab sich nach außen hin über die Frage überrascht. Er habe weder

als Kind noch zu einem anderen Zeitpunkt eine Steinschleuder besessen und warum der Bürgermeister das wissen wolle. Stefan Haller suchte nach einer Notlüge. Es fiel ihm nichts Besseres ein, als dass er von einigen Kindern angesprochen wurde, die die Steinschleuder zum Dosenschießen für sich entdeckt hätten und nach Erwachsenen suchen, die ihnen aus ihren Jugendtagen bessere Zielgenauigkeit beibringen könnten. Deshalb würde er einige Mitarbeiter im Amtshaus fragen, um Dosenzielschießen beim nächsten Ferienspiel anbieten zu können.
Franz Gruber konnte ein Schmunzeln nicht unterdrücken und der Bürgermeister bekam einen roten Kopf.
Er nahm die Zeitungen, ging in sein Büro, bestellte einen Kaffee und genierte sich.

Seit dem großen Umbau beim Spielzeuggeschäft-Krawany am Freiheitsplatz wurden im hinteren Bereich, auf der linken Seite, gleich neben den Springschnüren, auch wieder Steinschleudern verkauft, aus Holz und mit einem einfachen Rex-Gummi-Zug. Sie erfreuten sich unter den Kindern immer größerer Beliebtheit, besonders das

Zielschießen auf Dosen war angesagt. Doch davon wussten weder der Bürgermeister noch Franz Gruber etwas.

Major Hans Müller ging unzufrieden in seinem Büro auf und ab.
Es gab weder neue Ermittlungserkenntnisse vom Bankeinbruch, noch konnten irgendwelche stichhaltigen Zusammenhänge zwischen der Steinschleuder und dem tödlichen Mountainbiker-Unfall hergestellt werden. Dafür musste er sich vom Bürgermeister einiges sagen lassen, der auf absehbare Zeit nicht wusste, wie er Franz Gruber in die Augen schauen sollte.
Mysteriös schien Müller auch der E-Mountainbiker-Unfall am Beethoven-Wanderweg auf der Höhe des Gumpoldskirchner Steinbruchs. Da war auf gerader Strecke ein Radler vom Weg abgekommen und abgestürzt.
Einfach so, ohne scheinbaren Fremdeinfluss, ohne Zeugen.
Auch in diesem Fall rebellierte sein Bauch und er ließ die Leiche in die Gerichtsmedizin nach Wien bringen.
Als Müller gegen Mittag im Haus an der Weinstraße war, wollte ihm Giovanni

einen knusprigen Schweinsbraten unterbreiten. Heute brauchte aber Müller nichts Deftiges, sondern etwas extra Leichtes. Er bestellte eine große Schüssel Salat und als Aperitif einen doppelten Grappa.
Als Giovanni bedauernd aber grinsend die Bestellung weitergab und sich beim „Kommissar“ bedankte, knurrte Müller etwas von „Kommissar gibt‘s keinen in Österreich“ und blickte von seinem Fenster aus auf Mödling und Wien.

38.

Bürgermeister Stefan Haller hatte es mit einem Sturm der Entrüstung aufgrund der allgemeinen Sperre des Mödlinger Forstes für Mountainbiker zu tun. In erster Linie die Mountainbiker selbst, die Fahrradgeschäfte und Funktionäre aus allen Bereichen des Tourismus protestierten in Briefen, Mails und Telefonaten, es war sogar eine Demonstration vor dem Amtshaus angekündigt.
Haller analysierte erneut die Ausgangsposition.

Eine Beeinträchtigung des Landschaftsbildes durch Mountainbiker-Strecken war grosso modo nicht gegeben, auch nicht ein wesentlicher Bodenverbrauch.
Bei der Störung wildlebender Tiere sah es schon anders aus. Waren es früher undisziplinierte Hundehalter, die besonders den Jagdpächter auf die Palme brachten, waren es jetzt verstärkt Radfahrer, die mit hohem Tempo unterwegs die Tiere oft überraschten. Besonders die Frequenz der Störungen wirkten sich negativ auf die Tiere aus, ebenso das Licht von Nachtfahrern. Dadurch entstanden auch Verbissschäden an den Pflanzen der Umgebung. Eine gewisse Schädigung der Flora konnte auch durch die vor einigen Jahren neu gebaute Mountainbiker-Infrastruktur festgestellt werden.
Ergänzend dazu wurde auch das veränderte Abflussverhalten des Regenwassers auf einigen Strecken festgestellt, da sich durch starkes Befahren Rinnen bildeten, bei denen das Wasser mit höherer Geschwindigkeit abfloss und weitere Erosion verursachte.
Ein wesentliches Problem für den Mödlinger Forst und den Eichkogel war das

Biken abseits der freigegeben Wege, wo besonders geschützte Arten gefährdet wurden. Das erhöhte Nutzeraufkommen führte nicht nur zu mehr Verkehr im Wald, auch zu mehr Abfall.
Haller konnte sich mehrmals leidvoll davon überzeugen, dass einige Radfahrer nicht unbedingt Umweltschützer sind, was er bei seinen Wanderungen auf den Anninger zur Kenntnis nehmen musste.
Obwohl allen Beteiligten die Gesamtproblematik bewusst war, wurde immer wieder kalmiert und beschwichtigt. Dem Tourismuslandesrat waren die Mountainbiker-Strecken im Wienerwald ein besonderes Anliegen, aber Klosterneuburg – wo der Landesrat wohnte – ist nicht Mödling, wie Haller in vielen „Gipfelgesprächen“ mehrmals betonte.
Der Mödlinger Bürgermeister beklagte auch immer wieder den Umstand, dass es der Gemeinde an effizienter Kontroll- und Strafmöglichkeit fehle.
Daher blieb nur eine einzige Antwort: Die Sperre des Mödlinger Waldes für die Radfahrer und er als Eigentümervertreter dachte nicht daran, seinen Entschluss zu revidieren.

Oder die verehrte Landesregierung würde dementsprechende Kontroll- und Strafgesetze beschließen, Hand in Hand mit dem Parlament, endlich die Nummerntafel-Pflicht für Räder zu verabschieden.
Stefan Haller wählte den Ausgang über den Hof des Amtshauses in die Kaiserin Elisabethstraße, da ihn eine empörte und schreiende Menge mit Mountainbikes und Transparenten in der Pfarrgasse erwartete.

39.

Als Franz Gruber wie immer wochentags außer Freitag um 15:10 Uhr nach Hause kam, war ihm nicht nach Sport zu Mute. Zu viele Dinge gingen ihm durch den Kopf. Anscheinend wurde doch ein Zusammenhang zwischen seiner verloren gegangenen Steinschleuder und dem Tod des Mountainbikers hergestellt. Die Frage des Bürgermeisters, ob er eine Schleuder hätte und die Begründung dieser Frage waren dermaßen an den Haaren herbeigezogen, dass es fast schon wieder verdächtig war.

Warum wurde ausgerechnet er vom Bürgermeister gefragt?
Maria war überrascht, dass Franz nicht mehr außer Haus wollte. Die plötzliche Änderung von männlichen Gewohnheiten ist für jede Frau verdächtig.

Und natürlich fragte sie ihn, wie der Tag gelaufen wäre.
Und natürlich sagte er, so wie immer.
Und sie fragte, ob ihm etwas über die Leber gelaufen wäre.
Und er sagte, natürlich „nein“.
Und sie fragte, warum er so drein'schaue.
Und er sagte, ich schau‘ immer so drein.
Und sie sagte, er solle ihr nichts vormachen, sie kenne ihn doch.
Und er sagte, anscheinend doch nicht so, wie sie glaube.

Maria Gruber sah ihn forschend an und sagte nichts mehr. Sie rollte in die Küche und rief ins Esszimmer, ob er schon jetzt eine Jause wolle.
Keine Jause, aber einen Aperitif.
Er hätte Lust auf eine Pizza, ob er eine bestellen solle, die mit dem Rohschinken und dem Rucola-Salat.

Maria freute sich über diesen Vorschlag, wenn auch ihre Lieblingspizzeria in Mödling gerade geschlossen war. Der begnadete, aus Tunesien stammende, Pizzakoch wurde verhaftet, da er seinem Chef ein Steakmesser zuerst in den Kopf und danach in den Rücken gerammt hatte.

Grund war zunächst der reichlich geflossene Alkohol anlässlich einer privaten Feier des Chefs im Hof der Pizzeria. Das Geburtstagskind kam in Streit mit dem Tunesier, da dieser endlich seinen Lohn ausbezahlt haben wollte. Als nach einem heftigen Streit der Pizzeria-Besitzer nach Mitternacht das Lokal verließ, folgte ihm sein Mitarbeiter und stach zu.

Das Opfer kam lebensgefährlich verletzt ins Badener Spital und überlebte nur Dank einer Notoperation.

Franz bemerkte, dass es im Leben win-win-Situationen gebe und loose-loose-Situationen. Dies war eine loose-loose Situation, denn der Tunesier hatte nun keinen Lohn, würde ins Gefängnis kommen, sein Chef war sicher mehrere Monate außer Gefecht gesetzt und damit das Lokal geschlossen. Sie würden sehr lange Zeit keine wunderbare Rohschinken-Rucola-

Pizza bekommen und eine andere Pizzeria kam nicht in Frage.

Angesichts dieser Tatsachen entschlossen sie sich, beim Chinesen etwas zu bestellen. „Knusprige Ente“ ging immer.

Major Hans Müller wurde gegen Dienstschluss von der Gerichtsmedizin Wien betreffend des abgestürzten Radfahrers am Beethoven-Wanderweg angerufen.
Sie hatten am Körper einen Abdruck festgestellt, der nicht vom Sturz im Steinbruch herrührte.
Der Abdruck ähnelte dem „Fleck“ des tödlich verunglückten Mountainbikers an der Goldenen Stiege.

40.

Major Hans Müller war an diesem Freitagvormittag sehr früh im Büro, beinahe zur selben Zeit, wie Bürgermeister Stefan Haller und Franz Gruber ins Mödlinger Amtshaus kamen.
Man hatte noch immer keine neuen

Erkenntnisse über den Bankeinbruch und außer einem Kribbeln im Bauch, dass dem Major sagte, mit den toten Radfahrern stimme etwas nicht, war nichts Handfestes da.

Das einzige, was sein Kriminalistenherz höher schlagen ließ, waren die Erfolge bei der Sozialbetrugsbekämpfung.

Diesmal hatten die Kollegen einen Unternehmer erwischt, der mit seinen beiden Söhnen nicht nur das Arbeitsmarktservice um 60.000 Euro und die Bezirkshauptmannschaft Mödling um 37.000 Euro bedarfsorientierter Mindestsicherung erleichterte, sondern auch Betrug mit Buntmetallhandel betrieb. Die ehrenwerte Familie erhöhte das Gewicht von handelsüblichen Transportkisten mit Beton von 28 auf 112 Kilogramm. Das Mehrgewicht wurde bei Lieferungen als geliefertes Material verrechnet. Damit kamen sie in der dokumentierten Zeitspanne von drei Jahren auf 2,7 Millionen Euro Umsatz, wobei 540.000 Euro als Gewinn blieben. Fingierte Rechnungen wurden auf slowakische Staatsbürger ausgestellt, die Einnahmen selbstverständlich nicht versteuert. Dass alle Beteiligten schon

Vorstrafen im Bereich der Wirtschaftskriminalität hatten, allerdings damals nur zu Bewährungsstrafen verurteilt wurden, war für Müller das „Tüpfelchen auf dem i“.
Major Hans Müller war an diesem Vormittag auch mit dem schrecklichen Attentat eines 47-jährigen eifersüchtigen Österreichers auf seine ehemalige Freundin beschäftigt. Die 45-jährige Trafikantin wurde in ihrem Vösendorfer Kiosk vom Ex-Freund mit einer brennbaren Flüssigkeit übergossen, angezündet und in ihrem Geschäft eingesperrt.
Passanten bemerkten die Rauchentwicklung, hörten die Schreie der Trafikantin und schlugen die Eingangstüre mit einem zufällig abgestellten Einkaufswagen ein. Die Frau konnte notfallmedizinisch versorgt und mit lebensgefährlichen Verletzungen ins Unfallkrankenhaus Meidling gebracht werden.
Bevor die Frau von der Rettung abtransportiert wurde, konnte sie den Namen und eine Personenbeschreibung des Täters abgeben. Nachdem es sich um ihren ehemaligen Freund handelte, konnte dieser nach wenigen Stunden in seiner Wiener Wohnung verhaftet werden.

Laut Bericht zeigte sich der mutmaßliche Täter größtenteils geständig, habe aber die Tötungsabsicht bestritten.
Major Hans Müller war fassungslos.
Was muss in einem Menschen vorgehen, um so etwas zu tun?
Eifersucht ist ein klassisches Motiv für eine Gewalttat, oft im Affekt begangen. Aber dieser Typ muss die Tat geplant haben, ist mit der Absicht, seine ehemalige Freundin anzuzünden, in die Trafik spaziert.
Major Hans Müller wurde übel, als er die Fotos mit den Verbrennungen der Frau sah.

Franz Gruber freute sich auf den freitäglichen Frühschluss im Amtshaus. Ihm war wieder Wohl zu Mute, die Aufregungen der vergangenen Tage hatten sich gelegt. Die Schleuder war zwar verloren gegangen, aber Fingerabdrücke würde man nicht finden. Nicht erklären konnte er sich die Frage des Bürgermeisters nach der Schleuder, aber es gibt nun einmal Begebenheiten im Leben, die nur schwer zu erklären sind.
Als ihn Maria vor drei Tagen nach der Schleuder fragte, wurde ihm heiß ums Herz. Sie wollte wissen, ob er zwischen

seinen Runden noch zielschießen würde, weil einige ihrer Bekannten Bogenschießen gingen und sie wären eingeladen, diesen Sport auszuprobieren.
Er verneinte, meinte aber, dass es eine gute Idee wäre, denn Bogenschießen könnten sie auch gemeinsam ausüben.
Maria Gruber saß vor ihrem Computer, als Franz nach Hause kam. Er gab ihr ein Küsschen auf die Wange und berichtete ihr, ohne dass sie ihn fragen konnte, wie es heute war, dass der Bürgermeister schön langsam Personenschutz benötige, da die Proteste gegen sein Mountainbike-Verbot im Wald ausarten. Außerdem sei die Geschichte mit der Trafikantin furchtbar, er habe sie gekannt. Sie hatte nie ein gutes Händchen für Männer, sie verliebte sich immer in die falschen.
Und am Beethoven-Wanderweg in Gumpoldskirchen beim Steinbruch sei ein Radfahrer abgestürzt, bislang aus unbekannter Ursache.
Davon habe sie schon gehört und drehte ihren Rollstuhl vom Esstisch weg.
Es ist unglaublich, wie viele Fahrradunfälle in letzter Zeit passieren und fasste sich mit ihren Händen auf ihre gefühllosen Beine.

Franz Gruber ging ins Schlafzimmer und zog sich seinen olivgrünen Trainingsanzug an.
Heute wollte er mit dem Rad über die Bürgermeisterrast am Eichkogel nach Pfaffstätten fahren und wieder retour. Einfach „auspowern“, den Kopf frei machen.
Franz Gruber gab an, gegen 15:00 Uhr wieder da zu sein und nachher könnten sie ja am „Fliagnspitz“ zum Markt schauen. Maria wollte noch wissen, ob er nach dem Radfahren Hunger hätte. Er verneinte, nach dem Sport nie und gab ihr ein Küsschen auf die Wange.
Er fuhr mit dem Aufzug in den Keller, um das Rad zu holen.
Auf dem Regal oberhalb des Rads lagen sein Helm und sein Rucksack, in dem auch die Handschuhe waren.
Als er die Handschuhe aus dem Rucksack nahm, fiel ihm die Steinschleuder auf den Boden.
Von den meisten Dingen im Leben, die ihm wichtig waren, hatte er zwei Stück.

41.

Major Hans Müller saß an diesem Samstagvormittag hinter seinem Schreibtisch in seinem Büro in der Klostergasse, den Kopf zwischen den Händen gestützt und war unzufrieden.
Von den Tätern des Bankeinbruchs fehlte weiter jede Spur, obwohl schon längste Zeit die Interpol eingeschalten war. Der „Bankraub des Jahrzehnts und die Unfähigkeit der Polizei“ war in den Medien zu lesen und zu hören. Häme verbreitete sich über die Exekutive.
Müller war erfolgsverwöhnt.
Er galt als ehrgeizig und erfolgreich, er war bei den Kollegen beliebt und bei den höheren Stellen anerkannt.
Müller galt als eiserner Junggeselle und hatte einen Hang zur Pedanterie, was auch in seiner Wohnung und bei seiner Kleidung zum Ausdruck kam. Den wechselnden Damenbekanntschaften gestand er maximal eine Zahnbürste und etwas Unterwäsche in seinen vier Wänden zu. Bei Beendigung einer Bekanntschaft musste die Wohnung innerhalb von zehn Minuten geräumt sein, so seine private Vorgabe.

Er lebte à la carte, in der Liebe als auch beim Essen.
Unordnung und Ungewissheit machten ihn unruhig und unleidlich.
Auf der einen Seite der ungeklärte Bankraub, auf der anderen Seite die Serie von tödlichen Fahrradunfällen, wo bei einigen Opfern eigentümliche Abdrücke auf der Haut zu finden waren und eine verloren gegangene Steinschleuder.
Major Hans Müller nahm sich die Ergänzungen zum Akt der lebensgefährlich verbrannten Vösendorfer Trafikantin aus dem Schrank.
Die unfassbare Brutalität des Täters schockierte ihn. Auch wenn es ein klassisches Beziehungs- und Eifersuchtsdrama war, las man so etwas nicht alle Tage.
So hatte der Täter Frau und Kind vor fünf Jahren verlassen, weil er in einem Wiener Lokal die Trafikantin kennen gelernt hatte. Die Scheidung folgte, der Kontakt zu seiner Ex-Frau und Tochter war aber weiterhin gut. Von Anfang an soll die Beziehung mit der Trafikantin von gegenseitigem Misstrauen, Eifersucht und Leidenschaft geprägt gewesen sein. So sah sich das Paar oft mehrere Tage bis Wochen nicht, hatte

aber eine schriftliche Vereinbarung, mindestens zwei Mal in der Woche den Beischlaf zu vollziehen.
Als die Trafikantin ein Foto mit einem bekannten Steuerberater auf Facebook postete, rastete ihr Freund aus. Der alleinstehende Biedermannsdorfer wurde in Folge immer wieder zum Streitfaktor. Um seine Freundin besser kontrollieren zu können, installierte der Täter Abhörgeräte in der Trafik. So bekam er mit, dass sich seine Freundin regelmäßig beim Steuerberater „ausweinte“ und in Folge Rendezvous vereinbarte.
Das war dem Täter zu viel. Er suchte seine Freundin in ihrer Trafik auf, schlug sie, würgte sie, überschüttete sie mit Benzin, zündete sie an und verriegelte die Tür von außen.
Obwohl Major Hans Müller die Fotos der Verbrennungen der Trafikantin kannte, wurde ihm erneut übel. Achtzig Prozent ihrer Haut waren verbrannt.
Neue Nachrichten gab es vom Schließfach-Coup.
Da hatten sich still und heimlich die Geschädigten über ihre Anwälte mit der Bank geeinigt. Obwohl die Rechtsbasis so war,

dass Banken nicht für Schäden durch höhere Gewalt, behördliche Verfügungen oder durch die Einwirkung Dritter haftbar sind, ging es wohl darum, einen Image-Schaden abzuwenden.
Die Anwälte der Geschädigten drohten ja, diese Haftungsbeschränkungen als unwirksam und schwer sittenwidrig bekämpfen zu wollen, Musterprozesse wurden angekündigt.
Diese medienwirksamen Schauverfahren vor Publikum wollten sich die Bankverantwortlichen ersparen, wie viel insgesamt gezahlt wurde, blieb streng vertraulich, man sprach zwischen 12 und 20 Millionen Euro.
Müller gab einen Seufzer von sich, schüttelte den Kopf und fragte sich, wie viele von den angegebenen Werten tatsächlich in den Schließfächern waren.
Von den Einbrechern fehlte aber weiterhin jede Spur.

Bürgermeister Stefan Haller schlenderte mit seiner Frau durch die Fußgängerzone. Beim Flohmarkt in der Brühlerstraße musste er immer etwas Zeit einrechnen, da seine Frau Flohmärkte wahnsinnig interessant fand und von gehen keine Rede mehr sein konnte. Die Standler ließen sich auch von herbstlichen Temperaturen nicht abschrecken, es regnete zumindest nicht. Mit dem einen oder anderen Bekannten wechselte Haller ein paar Worte, meistens ging es um den Bankeinbruch, die Mountainbiker-Unfälle und die von ihm verhängte Sperre des Waldes für Radfahrer. Es nervte ihn.

Er deutete seiner Frau an, schneller zu machen, er wollte mit ihr weg aus Mödling, er wollte mit ihr zum Böhmischen Prater fahren. Sein umtriebiger Freund Ernstl, den Eingeweihte nur den „Professor" nannten, hatte sich vor ein paar Jahren zur Aufgabe gemacht, den Böhmischen Prater aus seinem Dornröschenschlaf zu wecken. Der Mödlinger Unternehmer, der in Favoriten aufwuchs, steckte bereits Millionen in sein Projekt und musste sich doch immer wieder von der Wiener Bürokratie schikanieren lassen, wie er Haller regelmäßig frustriert berichtete.

Ernstl's jüngster Stolz war das „Hutschenbräu", ein Biergarten mit eigener Gasthausbrauerei. Auf einen Tratsch mit dem Professor, ein gutes Henderl mit ein, zwei

Bier, freute sich der Bürgermeister, der schon gegen 11:00 Uhr leichten Hunger verspürte.

Als sie zu ihrem Auto gingen, das am Parkplatz in der Schillerstraße abgestellt war, sahen sie auf der anderen Straßenseite Franz und Maria Gruber, die zum Heurigen Pferschy-Seper wollten. Franz voran, Maria im Rollstuhl hinterher.
Die Paare winkten sich zu.
Der Bürgermeister sagte zu seiner Frau, wie tapfer die beiden das Schicksal von Maria meistern, dass sei rührend.
Seine Frau sagte, sie hätte Verständnis, wenn sich Stefan in so einem Fall von ihr trennen würde, man lebe nur einmal.

Kurz bevor Major Hans Müller sein Büro in der Klostergasse verließ, erhielt er einen Anruf von einem Wiener Kollegen, der einen guten Draht ins Wiener Allgemeine Krankenhaus hatte.
Die Vösendorfer Trafikantin war an ihren Verbrennungen verstorben.

Letztes Kapitel

Bürgermeister Stefan Haller wollte am Sonntag mit seiner Frau wandern gehen. Nicht im Mödlinger Wald, da würde er sich nur ärgern, bei den undisziplinierten Mountainbikern, die trotz des von ihm verhängten Verbots fahren würden.
„Schusterbuben" regnete es nicht, das Wetter war aber so richtig herbstlich. Dementsprechend angezogen fuhren sie nach dem Frühstück ins Wassergspreng nach Weissenbach in die Hinterbrühl, wo sie zum Höllensteinhaus gehen wollten.
Haller war gerne im Wassergspreng, da er dort kaum auf Mountainbiker stieß und sich einige interessante Wanderrouten, entweder Richtung Kaltenleutgeben oder nach Gießhübl Richtung Seewiese oder zur Norwegerwiese beziehungsweise zur Schöffel-Hütte nach Dornbach, auftaten.
Haller und seine Frau genossen die frische Luft, den leichten Nieselregen und den Umstand, keinen Menschen am Weg anzutreffen. Sie kamen überein, zuerst zur Seewiese bis zum geschlossenen und verwahrlosten Schutzhaus zu gehen, bevor sie im Höllensteinhaus einkehrten.

Auf der Forststraße zur und von der Seewiese kamen ihnen nur wenige Mountainbiker entgegen, diese aber sehr freundlich.
Haller kommentierte diesen Umstand so, dass den meisten Bikern mit ihren 5000 Euro Rädern die PKW-Parkgebühr auf der Kuhheide von 5 Euro am Tag anscheinend zu teuer wäre, deshalb würden hier nur so wenig fahren.
Im Höllensteinhaus erfuhren sie, dass es im Wassergspreng doch nicht immer so friedlich zugehe. So waren einige Anrainer und Wanderer mit einem Hundebesitzer konfrontiert, der seine zwei Lieblinge ohne Leine und ohne Beißkorb herumstreifen ließ, obwohl es eindeutige Verbote und Gebote nicht zuletzt aufgrund des Wildbestands gab.
Nachdem Zurufe und Appelle nichts fruchteten, sorgte der Jagdpächter für vollendete Tatsachen, als er einen der beiden Hunde, der sich fernab vom Besitzer befand, erschoss. Der Hundebesitzer war Rechtsanwalt aus Maria Enzersdorf.
Die Polizei, die Bezirkshauptmannschaft und das Gericht wurden mit der Angelegenheit betraut und die Region hatte über eine aus dem Leben gegriffene Geschichte etwas zu erzählen.

Der Wirt vom Höllenstein sowie jene Gäste, die sich zu Wort meldeten, waren alle im Lager des Jagdpächters, der sich auch in der Hütte befand und lebhaft von wildernden Hunden und überforderten Hundebesitzern in seinem Revier erzählte.
Im Zuge der lebhaften Diskussion wurde Stefan Haller von einem der Gäste erkannt, der lauthals den Bürgermeister über zwei Tische hinweg grüßte. Haller hatte seine „Fans" gefunden, die ihm zuprostend gratulierten, den Mödlinger Wald für die Radfahrer gesperrt zu haben. Hallers Frau raunte ihm ins Ohr, dass außerhalb der Ortsgrenzen die Anerkennung immer größer sei und ergänzte ein Zitat aus dem „Kleinen Prinzen": „Man ist nie dort zufrieden, wo man ist."

Major Hans Müller wollte diesen Sonntag sportlich verbringen. Er musste sich mit der Aussicht, bei Giovanni gegen Mittag einzukehren, angesichts des trüben Wetters so richtig zum Wandern motivieren.
Außerdem hasste er es, verschwitzt und womöglich nass irgendwo einzukehren und schon gar nicht bei Giovanni. Sein Plan für heute war aber glasklar: Kopf leer

machen, Bauch voll machen. Er schlüpfte in seine wetterfeste Kleidung, nahm die Nordic Walking-Stöcke aus dem Schirmständer und verließ seine „Kupferhaus-Wohnung“ in der Weißes Kreuz-Gasse, um über den Schießstättenweg zur Goldenen Stiege bis zur Breiten Föhre und dann über den Richardhof zum Haus an der Weinstraße zu gehen.
Sonntagvormittag und bei schlechtem Wetter waren nur wenige Ausflügler unterwegs. Die frische und feuchte Luft taten ihm gut. Er versuchte sich schon am Schießstättenweg sein Mittagessen geistig im Kopf zusammen zu stellen. Als er den Aufstieg bei der Goldenen Stiege in Richtung Breite Föhre nahm, waren die gegrillte Fischplatte und der Pinot Grigio sofort aus dem Kopf, dafür der tödlich verunglückte Radfahrer und die gefundene Steinschleuder im Kopf.
Obwohl er wusste, dass er am Fundort der Schleuder keine weiteren Hinweise finden konnte, ging er nach dem kleinen Klettersteig rechts die Böschung hinauf. Sein Bauch reagierte wie eine Wünschelrute. Je näher er dem Fundort kam, umso mehr stellte sich ein flaues Gefühl ein.

Ein paar Minuten blieb er beim Fundort stehen und atmete tief durch. Leichter Nieselregen hatte sich eingestellt.
Er hob seinen Kopf gen Himmel und schloss seine Augen.
So hätte es sein können.
Der Täter, gut versteckt, schleudert einem bergabfahrenden Mountainbiker einen Stein gegen den Körper, stark genug, dass der Radfahrer abgelenkt wird, dieser stürzt, offenes Ende, was die Verletzungen anbelangt.
Major Hans Müller setzte seine Wanderung fort, am steilen und felsigen Weg, der bis zur Breiten Föhre führt. Bei der Gabelung der Forststraße, die links zur Krausten Linde und zum Anninger-Haus führt, bog er rechts zum Richardhof ab.
Auf der fast schnurgeraden Straße kamen ihm einige Mountainbiker entgegen, mit angemessener Geschwindigkeit, freundlich grüßend und triefend nass.
Der Major hatte keine Blicke für sie.
Er versuchte sein Bauchgefühl und seine Gedanken zu verdrängen und sich wieder auf die Fischplatte bei Giovanni zu freuen. Auf der Höhe des Golfplatzes blickte er auf die Uhr und wusste, dass ihn nur mehr

dreißig Minuten von seiner kulinarischen Glückseligkeit trennten.

Franz und Maria Gruber beschlossen an diesem Sonntag einen Ausflug zu machen. So wie fast jeden Sonntag genossen sie ihren Kaffee im Bett, lasen die Tageszeitungen und berieten über ihre heutigen Aktivitäten. Nachdem es ein trüber Tag war, mit einer leichten Nebeldecke und Nieselregen, ohne Chance auf strahlenden Sonnenschein, planten sie einen Tagesausflug nach Baden. Dort wollten sie die Fußgängerzone besuchen, im Doblhoff-Park flanieren und anschließend nach Thallern in Gumpoldskirchen fahren, um Wein einzukaufen.
Als bedeutender niederösterreichischer Kurort war Baden eine Fremdenverkehrsgemeinde, wo auch am Sonntag Geschäfte offen haben dürfen. Sie parkten ihr Auto beim Hotel „At The Park“ und gingen beim Badener Stadttheater in die Fußgängerzone. Besonders bei „durchwachsenem“ Wetter waren sie gerne in Baden, da Maria hier ihren Rollstuhl gut bewegen konnte. Der Regen hatte nachgelassen, doch die Feuchtigkeit hinderte wohl einige daran, spazieren zu gehen. Maria hatte ihren

wasserundurchlässigen Wetterfleck angezogen, ihren geliebten Filzhut am Kopf und über die Finger ihre Sporthandschuhe, mit denen sie den Rollstuhl bewegte. Franz glich einem pensionierten Hofrat der Landesregierung, mit seinem Lodenmantel und Ausseer-Hut und verschmolz so im Anblick mit den Kurgästen, die aus allen Regionen Österreichs kamen.

Dort hatte das Taschengeschäft offen, da die Trachtenmoden, dort die altehrwürdige Zuckerlecke, aber auch das schicke Einrichtungsgeschäft. Wenn es um die Gastronomie in Baden ging, dann waren sie gerne auf einen Kaffee im „Central“, oder auf einen Prosecco im „Amterl“ oder, wenn sie etwas besonderes zu feiern hatten, im „El Gaucho“, dem Steak-Haus. Ein kleiner Abstecher zum „Grünen Markt“ gehörte auch dazu, sie inhalierten dort die Atmosphäre der Badener Steh-Achterl-Gesellschaft und tranken manchmal das eine oder andere Glas Wein. Beim Spanier genossen sie eine Platte mit Speck, Käse, Oliven und einen kräftigen Rioja.

Durch das Schlossergässchen kamen sie zum Doblhoff-Park, den sie besonders in der Rosenblütezeit liebten. Einmal rund um den künstlich angelegten Teich, mit einem Abstecher zur 1816 gepflanzten Platane, ging es über das Casino wieder zum Auto.

Die feuchte, kühle Luft tat beiden gut. Ihre Wangen waren leicht gerötet, sie hatten gut – und nicht zu viel – gegessen sowie getrunken und freuten sich auf den Abstecher ins Freigut Thallern.

Sie fuhren über die Weinstraße durch Pfaffstätten nach Gumpoldskirchen und von dort über die Jubiläumsstraße in die Gebietsvinothek.

Das Freigut Thallern in Gumpoldskirchen wurde vom Heiligenkreuzer Zisterzienser Orden im Jahre 1141 gegründet. Die umliegenden Weingärten waren für ihre Burgunder-Lagen berühmt und es gedeihten seit Jahrhunderten in bester Qualität auch die autochthonen Sorten Zierfandler und Rotgipfler.

Nachdem man die Südbahngleise unterquerte, öffnete sich eine andere Welt, so empfanden es zumindest Franz und Maria Gruber.

Über die Kastanienallee kam man am hervorragenden Klostergasthaus vorbei, weiter an der Kirche mit dem angeschlossenen

Hotel und schließlich zur Vinothek mit dem Schwerpunkt der Weine aus der Wienerwald-Thermenregion.
Franz und Maria Gruber waren in den meisten Lebenslagen berechenbar, so auch was ihnen schmeckte, was ihnen gefiel, wohin es auf Urlaub ging oder ihr kulturelles Interesse.
„Sprudel" vom Polz und vom Krug standen bei beiden ganz weit vorne und je ein Karton wurde zur Kassa gebracht. Ein paar Weine wurden verkostet, alle für sehr gut empfunden, aber kein weiterer gekauft.
Franz ersuchte Maria, sich ans Steuer zu setzen.
Nicht, dass er das Gefühl hatte, zu viel getrunken zu haben, nach dem dritten Achterl Wein meinte er nur immer, „der Teufel schläft nicht", wenn sie irgendwohin mit dem Auto gekommen waren.
Maria hielt sich bei Alkohol stets zurück und fuhr gerne Auto, das extra auf ihre Bedürfnisse umgebaut worden war. Franz half ihr in den Fahrersitz, klappte danach den Rollstuhl ein und legte ihn in den Kofferraum zu den zwei Kartons Frizzante.
Auch wenn es über Guntramsdorf auf der Triester Straße vielleicht schneller nach

Mödling ging, nahmen sie den Nachhauseweg über die Weinstraße.
Die Weinstraße zwischen Mödling und Baden gehört zu den schönsten Verbindungen im südlichen Wienerwald und so fuhr Maria mit Franz retour nach Gumpoldskirchen.
Am Wetter hatte sich nichts geändert, der Wetterbericht sollte mit seiner Prognose von leichtem Nebel und Nieselregen recht behalten.
Mit der Dämmerung wurden die Sichtverhältnisse immer schwieriger, aber Maria war eine ausgezeichnete Autofahrerin, hatte ein ausgezeichnetes Reaktionsvermögen und keine Probleme mit ihren Augen in der Dunkelheit oder bei schlechten Lichtverhältnissen.
Weder Franz noch Maria waren sportliche oder schnelle Autofahrer. Sie verließen das Ortsgebiet von Gumpoldskirchen auf der Weinstraße Richtung Mödling, am Ortsende von Gumpoldskirchen links vorbei am Denkmal des legendären Retter des Wienerwaldes und Mödlinger Bürgermeisters Dr. Josef Schöffel.
Franz hatte eine Schrammel-CD eingelegt und summte das „Fiaker-Lied“ mit, während Maria lächelnd, aber konzentriert,

beide Hände am Lenkrad hielt und das Auto die leichte Steigung hinaufbewegte.

Der Radfahrer kam aus dem Nichts.
Am Rad war kein Licht montiert, er selbst hatte dunkle Kleidung an.
In hohem Tempo schnitt er die Straße ab und kam auf die Fahrbahnseite der Grubers.

Maria hatte keine Chance, dem Radfahrer auszuweichen.

Was sie noch hörte und wahrnahm, war ein dumpfer Aufprall, bei dem der Radfahrer über das Auto geschleudert wurde. Maria verlor die Kontrolle über das Fahrzeug, das rechts die Leitschiene – nach dem Güterweg zum Weingartenkreuzweg – durchschlug und sich mehrmals überschlug.

Als das Auto zum Stillstand kam, lagen um den geöffneten Kofferraum zerbrochene Prosecco-Flaschen, der verbeulte Rollstuhl, das Pannendreieck, die Autoapotheke, zwei Decken und eine Steinschleuder.

Für Franz und Maria Gruber sowie den Radfahrer kam jede Hilfe zu spät.

Hans Stefan Hintner lebt und wohnt in Mödling. Im Jahr 1991 erschien sein erstes Buch „Wie ich meine Unschuld verlor" im Eigenverlag. Seit 1998 ist Hintner politisch tätig, bis 2003 war der gelernte Journalist als Pressereferent tätig.

mit freundlicher Unterstützung von:

DIAMOND COUNTRY CLUB
ATZENBRUGG
EUROPEAN TOUR | Destination
countryclub.at

KS KARL SEIDL
part of the family
HABAU GROUP

BauGENossenschaft
MÖdling MÖGEN.AT

pb Pittel+Brausewetter
150 JAHRE
1870–2020
www.pittel.at

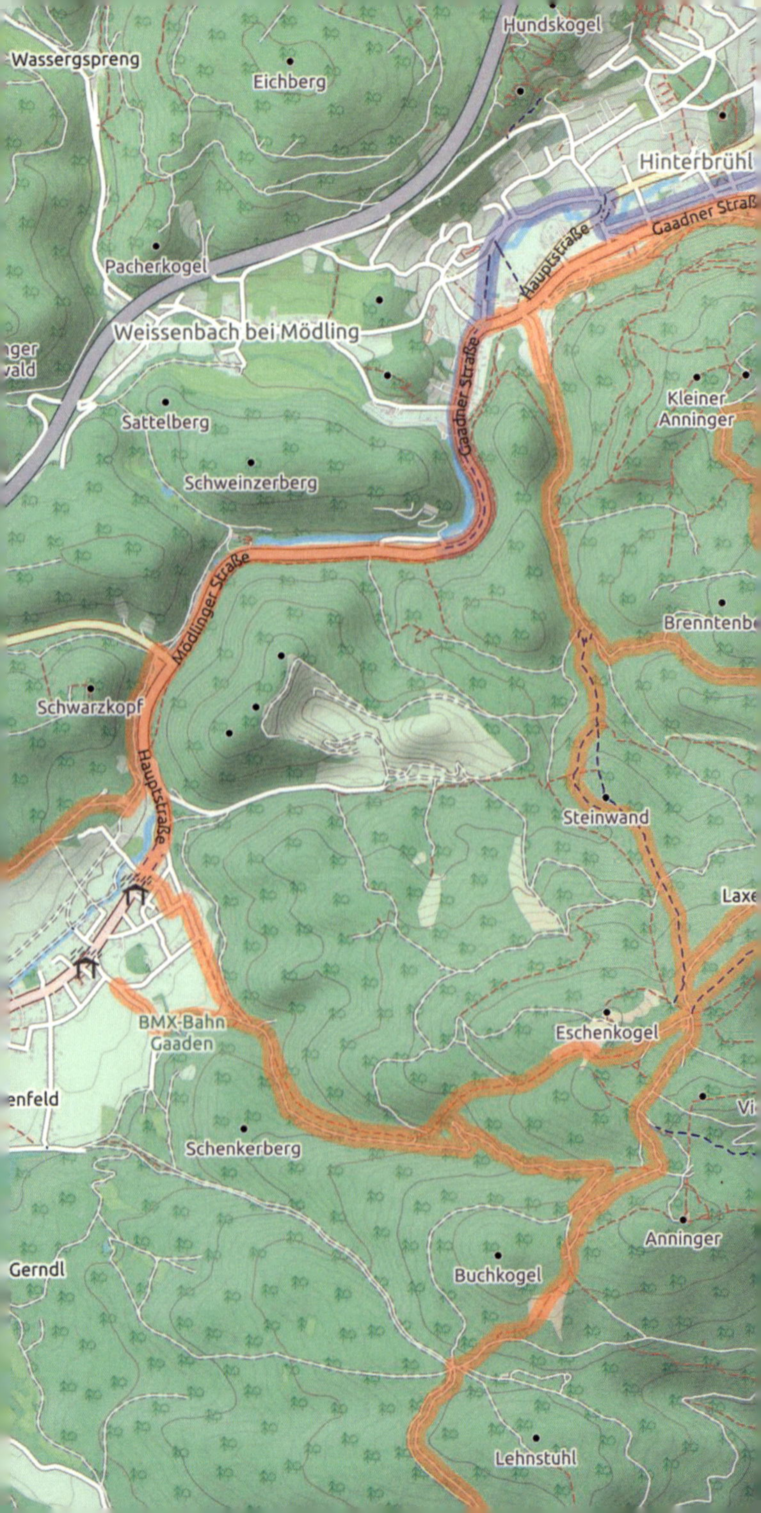
Hundskogel
Wassergspreng
Eichberg
Hinterbrühl
Gaadner Straße
Hauptstraße
Pacherkogel
Weissenbach bei Mödling
Gaadner Straße
Kleiner Anninger
Sattelberg
Schweinzerberg
Mödlinger Straße
Brenntenbe
Schwarzkopf
Hauptstraße
Steinwand
Laxe
BMX-Bahn Gaaden
Eschenkogel
enfeld
Schenkerberg
Anninger
Gerndl
Buchkogel
Lehnstuhl